Autobiografia

di

Dea APHRODITE-KALI

"Chi è Dea APHRODITE-KALI?"

oppure

"I Fioretti di san Francesco d'Assisi"

Autobiografia

di

Dea APHRODITE-KALI

Herstellung und Verlag (produzione e casa editrice):
Books on Demand GmbH, Norderstedt, Germany
ISBN 978-3-8391-9863-6

Impressum

Die Deutsche Nationalbibliothek verzeichnet diese Publikation in der Deutschen Nationalbibliographie; detallierte bibliographische Daten sind im Internet unter http://dnb.d-nb.de abrufbar.

Herausgeberin (curatrice):

Evelyn TURIANO
Postfach 200355
D-13513 Berlin
Germany

Autorin und Übersetzerin in italienisch Sprache:
(autrice e tradutrice in lingua italiana)

Dea APHRODITE-KALI
Postfach 200355
D-13513 Berlin
Germany

9 783839 198636

Herstellung und Verlag (produzione e casa editrice):

Books on Demand GmbH, Norderstedt, Germany

ISBN 978-3-8391-9863-6

Indice

Preliminare

Negli anni cinquanta in Europa, molti ospedali cattolici facevano esperimenti con gli embrioni e neonati.
"Dea APHRODITE-KALI nata Froletti" si tratta di un "fallito frutto" di uno di questi esperimenti.

Sebbene l'autrice abbia scritto la storia di Dea APHRODITE-KALI con una miscela di favola moderna, romanzo poliziesco, intrighi, relazioni amorose, abusi sessuali, documentari e così via, sì tratta d'una storia vera.
L'autrice aveva tutti i ricordi, anche sugli incubi, documentazioni mediche e giudiziarie riguardo Dea APHRODITE-KALI messi insieme come un quadro di puzzle.
Dea APHRODITE-KALI, una cosiddetta figlia del Vaticano, era nata in un reparto speciale d'un ospedale milanese.
Dove negli anni cinquanta e probabilmente pure oggigiorno, suore partorivano (danno ancora alla luce) neonati, tramite dubbiosi esperimenti, sull'ordine e sorveglianza del Vaticano.
Naturalmente il lettore (la lettrice) gli sarà libero, questa storia di crederla oppure no. Lui (lei) potrà fare anche indagini proprie, le quali potranno smentire o confermare questa storia.

La storia precedente (1950-1951)

Cera una volta nell'anno 1950 Agnese Vittoria Fioraso una signorina di 24 anni che lascio Sarego/Italia il suo paese di nascita e andò a Milano per pescarsi un marito.
Un giorno aspettando in un angolo di una strada, vide lei arrivare un giovanotto con un furgoncino, subito vece un salto provocando così un piccolo incidente.
Così fece lei la conoscenza con Domenico Turiano, un bel siciliano di 23 anni, che assomigliava esattamente come il cantante e tenore Domenico Modugno (* 9.1.1928 in Polignano a Mare, Italia; † 6.8.1994 su Lampedusa, Italia).

Secondo l'indicazione d'Agnese, lei venne nell'anno 1951 da Claudio Pica rivolto la parola e fotografata, un giovane fotografo che anni dopo venne famoso come cantante italiano Claudio Villa (* 1.1.1926 a Roma, Italia; † 7.2.1987 a Padova, Italia), lui gli confessò che si era innamorato di lei e che la voleva sposare, Agnese rifiutò la sua domanda di matrimonio (ufficialmente perché era fidanzata con Domenico, informale perché Claudio era brutto).

(Claudio Pica (Villa) non apprese quale fortuna aveva avuto che Agnese lo rifiutò, se lei avesse accettato la sua domanda, in tal caso sarebbe stata certamente il declino di Claudio Villa).

Fra l'agosto e l'ottobre del 1951, dopo lungo tempo di rifiuto, Agnese fece l'amore con quel bel ragazzo Domenico.
Breve tempo dopo Domenico è dovuto ritornare in Sicilia per causa dell'allagamento-catastrofe, e Agnese era venuta a sapere che era incinta.
Domenico scrisse ad Agnese che sarebbe ritornato da lei, solo se fosse nato un maschio.
Agnese era disperata, lei decise ad ogni costo di partorire un figlio maschio, lei era addirittura disposta a vendere la propria anima …

1951
Agnese Vittoria Fioraso

● ● ● ● ● ● ● ● ● ● ●

*Presumibilmente sarebbe stato
da Claudio Pica (Villa)
fotografato, incorniciato e ad
Agnese come prova d'amore
regalato.*

Lo stadio embrionale (1951-1952)

Agnese andò in un convento per suore, un reparto di un ospedale cattolico a Milano, e chiese asilo.
La madre superiora consente Agnese asilo e promesse, che i medici aiuteranno lei a partorire un bimbo maschile.
Lei promesse in contraccambio tutto il tempo di gravidanza, travestita da novizia, di farsi utile e di tacere come una tomba per tutta la vita riguardo ai molti esperimenti dubbiosi che furono fatti.
Una dubbiosa assistenza medica era anche, che alle donne che volevano avere bambini ma non erano in grado di averne, gli iniettavano un liquido che chiamavano birra.
Si diceva che si trattava dell'urina delle donne in gravidanza, ma circolava in giro il pettegolezzo che si trattò dell'urina delle mucche che erano incinta.

Il tempo passò e la primavera arrivò, Agnese ingrossava sempre di più, le vere novizie iniziavano a bisbigliare, non era più possibile tenere nascosto la sua gravidanza, quindi fu lei isolata.

Verso la fine di maggio del 1952 Agnese partorì, però l'esperimento era fallito, Agnese non partorì un bimbo e neanche una bimba, ma un corpo umano, dì entrambi i sessi.
Era una bimba meravigliosa, gli ormoni e gli organi interiori erano chiaramente femminili, però possedeva anche un organo maschile e soffriva di depressione.
La diagnosi medica era: ermafroditismo con determinazione femminile e depressione cronica sulla base dell'ermafroditismo.
Dai punti di vista medica, è stato così raccomandato dai medici, una distanza operativa dell'organo maschile, così la bimba potrà condurre una vita normale da ragazza e quando sarà donna sarà anche in grado di partorire.
Purtroppo i medici gli erano legati le mani, perché Agnese li ricattava, così sono stati costretti a fare l'estrazione operativa degli organi femminili.

Gli dei non comprendevano quest'ingiustizia, per questo motivo avevano dato loro a questo bebè alcuni talenti e l'avevano preso sotto la propria protezione.

Nonostante tutto, Agnese non ne voleva sapere di questo neonato e si era rifiutata di riconoscerlo.

Negli atti di nascita dell'anno 1952 - parte I - serie A - numero 277 è stata scritta la seguente dichiarazione:
{L'anno 1952, il giorno 30 del mese di maggio, alle ore 9 e 20 minuti nella Casa Comunale.
Avanti di me, Pigó prof. Arliade Capo Ufficio Stato Civile, Ufficiale dello stato civile del Comune di Milano, per delegazione avuta, è comparso Vendico Luigi d'anni 42, commesso, residente in Milano e quale ufficiale a ciò delegato dalla Direzione dell'Istituto Ospedaliero Provinciale per la Maternità „Presidio Ospedaliero Macedonio Melloni - Azienda Ospedaliera Fatebenefratelli e Oftalmico" dove è avvenuto il parto, alla presenza dei testimoni Francia Luigi figlio di Bassano di anni 61, portiere, residente in Milano e Ghianda Rinaldo figlio di Luigi di anni 60, portiere, residente in Milano mi ha dichiarato quanto segue:
"Il giorno 28 del mese di maggio dell'anno 1952 alle ore 13 e minuti 40 casa posta in Via M. Melloni numero 52 da una donna che non consente di essere riconosciuta è nato un bimbo di sesso maschile.
A detto bambino che non mi viene presentato, ma della cui nascita io ne sono accertato a mezzo della notifica di nascita predisposta dall'Istituto suddetto io sottoscritto do il nome di Walter ed il cognome di FROLETTI.
Detto bambino viene da me inviato al locale Istituto Provinciale di Protezione ed Assistenza dell'Infanzia (orfanotrofio) per mezzo di Vendico Luigi di ciò incaricato al quale rimetto copia del presente atto perché la consegni al Direttore del citato Istituto insieme col bambino.
Il presente atto viene letto agli intervenuti, i quali tutti, insieme con me, lo sottoscrivano.}

L'infanzia rubata (1952-1959)

Poco dopo la nascita, il neonato Walter vive per circa 3-6 mese nell'orfanotrofio a Milano "Istituto Provinciale di Protezione ed Assistenza all'Infanzia (IPPAI)" come bambino non voluto.

Il 15 novembre del 1952 sposò Domenico Agnese, lei aveva taciuto che Walter soffriva d'ermafroditismo.
Dopo la cerimonia di matrimonio, Agnese aveva tentato la prima volta di assassinare il bimbo, lei aveva dato un confetto a Walter.
La nonna vede che il bimbo stava per soffocarsi, lei aveva reagito velocemente, con un dito straó il confetto.

Poi Walter aveva vissuto alternamente dai nonni, ma diventava sempre di più appariscente che era una bimba, portava lunghi capelli biondi ed era meravigliosa, ma soffriva molto di depressione.

Agnese voleva proteggere il segreto ad ogni prezzo, quindi indusse lei a mettere Walter in un convento in provincia di Como, dove i bambini orfani fino un'età di circa 7 anni erano depositati, li alloggiavano anche degli studenti di medicina.
Poiché Walter diventava sempre più sorprendentemente, lui giocava insieme con altre bimbe con le bambole, le suore ordinarono che gli fossero fatti gli elettrochoc e gli dessero della droga in forma di tè e altri psicofarmaci, in questi modi gli facessero i lavaggi del cervello.
Questi dubbiosi trattamenti avevano solamente peggiorato tutta la problematica.
Walter non sapeva più chi o cosa essere, non appena si addormentava iniziavano gli incubi, e col tempo diventavano sempre più peggiori e confusi, aveva paura del buio, ogni notte si svegliava tutto freddo-caldo bagnato urlando, soffriva anche di sonnambulismo.
Per questi motivi fu messo in una stanza con uno studente, poiché loro spesso studiavano tutta la notte.

Alcuni di questi incubi confusi, che Walter non era in grado di capire se si trattassero di ricordi oppure pura fantasia, erano:

► *Lei come osservatrice, vede in una sala operatoria, come dei medici operavano fuori gli organi femminili ad una bimba, e sapeva che quella bimba era se stessa.*
Vede anche una suora che assomigliava Agnese, che si rifiutò di riconoscere la bimba e la abbandonò. ◄

▶ *Lui cade e cade in continuazione in un buco senza fondo che ha la forma di una spirale* (solo dopo che si svegliò gridando, aveva il cadere una fine, fino il prossimo incubo). ◀

▶ *Da una parte si vedeva Walter come ragazza di circa 18 anni con vestiti fuori moda nel 18. o 19. secolo in un vecchio convento, dove misteriosamente sparivano ragazze giovani,* (è questo un ricordo di una vita precedente?). *Dall'altra parte si vedeva, come bambino di circa 5 - 6 anni in una parte modernizzata del convento nel 1957-1958, dove una notte si svegliò perché cerano dei forti rumori, le suore, bambini e studenti erano in fuga.*
Walter si riaddormentò di nuovo, il giorno dopo si svegliò meravigliato, perché nel convento era troppo silenzioso, l'edificio era pendente come la Torre di Pisa e non ci fu nessuna persona, breve tempo dopo tutti erano di ritorno.
(Sebbene entrambi le parti avevano alcune differenze si trattava evidente dello stesso luogo solo in un altro secolo, e nel periodo che Walter era in questo convento cera stato veramente un terremoto). ◀

▶ Un di tali altri incubi era anche:
Walter era e diventava sempre più curioso e presagiva, che questo convento nascondeva un cattivo segreto e lo voleva scoprire.
Lui esplorò prima il settore del convento permesso poi quello proibito, e trovò in una torre una scala a chiocciola.
Nella direzione di discesa trovò una porta che conduceva in una gran cantina con soffitto a volta, aprì uno spalto con cautela per vedere cosa dentro cera.
La cantina e le persone lì dentro erano molto misteriose, sembrava un posto dove si celebravano le messe, ma non normali bensì quelle nere, e questi adoratori di Satana stavano sacrificando un neonato.
Per Walter era uno shock, non poteva capire cosa aveva appena visto e come poteva succedere in un monastero cattolico. ◀

Circa nell'anno 1958 Walter fu mandato in Comasina un quartiere di Milano dai genitori Agnese e Domenico.
Nel frattempo Agnese partorì altri due bambini, Elena nell'anno 1953 e Angelo nel 1955, e altri due aborti.
Domenico lavorava indipendente come commerciante di rottami con un furgoncino, poiché lui non guadagnava abbastanza soldi, la famiglia Turiano era dipendente degli aiuti dell'assistenza sociale e della parentela.

Agnese odiava Walter, lei lo vedeva come se fosse una malformazione, un capriccio della natura, la rovina della propria vita.

Lei lo vendeva per ora ai profanatori di bambini per giochi sessuali, per esempio un vecchio signore, il padre di una certa signora Irma.

Agnese era piena d'odio, una volta perfino lei spinse Walter giù dalle scale sperando che lui morisse.

Walter si era rotto una gamba pero era sopravvissuto, dopo Agnese aveva raccontato in giro che il bambino era caduto da solo giocando.

Dea Afrodite reincarnazione (1959-1965)

In agosto 1959, quando Agnese era in ospedale per partorire, Walter era a casa solo con il suo di circa 24 anni zio Vittorio, un bell'uomo con un corpo d'Apollo, lui era ritornato da poco tempo dal servizio militare ed aveva già fissato la data per il matrimonio con Maria.
Walter usò tutta la sua bellezza femminile per sedurre Vittorio, lui tentò prima di porsi a difesa però non è stato in grado di fuggire dalla *"trappola della dea Venere"*, così cominciò un'ardente relazione amorosa tra Walter e Vittorio.
Il 16 agosto Agnese partorì Mimmo, quando lei venne a casa con il bimbo, Walter era energicamente convinto che questo neonato fosse il suo proprio figlio, il frutto della relazione amorosa con Vittorio, si occupava di lui così intensamente, che Agnese si era irritata cosi tanto e cosi vece disporre che Walter ricevesse una terapia con ormoni maschili e diceva che erano delle vitamine.
Walter sapeva che queste iniezioni non erano vitamine ma vero veleno per il suo corpo, per questo motivo si rifiutava con forza incredibile, ma contro 8-10 uomini che lo tenevano immobile era lui completamente impotente.
Walter sentiva questa dubbiosa terapia come se fosse terribilmente violentata.

Questa terapia d'ormoni aveva potuto cambiare l'analisi del sangue del bambino, ma non il comportamento e neanche l'anima della *"dea Afrodite"* che era imprigionata in questo corpo, cosi gli avevano comprato una bambola di bebè e avevano messo Walter con bambola in un collegio a Traona provincia di Sondrio, come se fosse un oggetto non voluto.
Breve tempo dopo, la famiglia Turiano era venuta in modo misterioso su una ricchezza, essa era venuta improvvisamente in possesso in Arese provincia di Milano di una villa, un gran terreno ed una ditta con almeno 10 operai.

(Era forse questa ricchezza la bustarella per tacere, soldi di ricatto oppure addirittura risarcimento per il fallito esperimento?).

Il primo tempo nel collegio era molto difficile per Walter, perché lui giocava con la bambola era continuamente abbandonato dal beffare degli altri bambini, per questo motivo aveva nascosto la bambola e iniziò per così dire una doppia vita.

▶ Su un lato era lui, Walter un del tutto "normale" e intelligente ragazzino, aveva i migliori voti scolastici nelle materie scientifiche ed era molto interessato negli strumenti tecnici ed elettronici *(c'èra stata perfino la voce in circolazione, che aveva smontato completamente una televisione e di nuova montata, e anche dopo l'apparecchio funzionava perfettamente)*, però nella materia linguistica (in questo caso l'italiano) erano i voti molto brutti cosicché aveva dovuto ripetere la seconda classe per tre o quattro volte. ◀

▶ Su l'altro lato era "Dea Afrodite", la dea degli amori, lei possedeva il talento della seduzione in un modo cosi particolare poiché il sedotto credeva di essere perfino il seduttore.
Lei diventò molto benvoluta e guadagnò sempre più amici, loro avevano nella sua vicinanza un senso di benessere, chi aveva preoccupazione oppure problemi gli chiedevano consiglio, lei sapeva consolare chiunque e aveva sempre pronto il consiglio adatto.
Lei si sentiva responsabile di proteggere la natura, gli animali e gli indifesi.
Una volta venne a sapere che un amico era stato abusato sessualmente dal confessore, lei mise tutta la sua arte per sedurre il prete e farlo adescare nella trappola sessuale, questo ci riuscì con molta facilità, dopo raccontò il fatto (come se fossero delle barzellette) a tutti.
La faccenda fu nascosta *(il Vaticano è il più grande esperto a mantenere tali affari segreti)*, ma breve tempo dopo il confessore non fu più visto e nella scuola del collegio i preti e sorelle (erano un tipo di suore, il personale del collegio) non insegnavano più, ma venivano insegnanti di fuori. ◀

In fin dei conti, aveva Walter in questo collegio una buona vita, lui aveva molti amici ed era molto benvoluto e il mangiare era buono ed abbondante, e quando si accorse che le sorelle mangiavano come "dio in Francia", aveva lui intercettato il cibo delle sorelle e con i suoi amici si facevano un'orgia di mangiate, le sorelle non lo avevano scoperto mai.

Ma ci sono state anche alcune esperienze, che misero Walter al riflettere sui metodi del cattolicesimo.
Per esempio cera stato un amico, che era malato di cuore, la sua mamma nonostante era poverissima, veniva tutte le domeniche da Milano a piedi per visitare il suo bambino.
Nel periodo che Walter era in questo collegio, quell'amico era già stato dichiarato ufficialmente due volte come morto e fu messo in una bara aperta in una stanza a causa della veglia funebre, quando avene per la terza volta e lui ritornò dal regno dei morti, le sorelle avevano subito

inchiodato la bara in questo modo avevano dichiarato l'accusa di morte a quel bambino e nello stesso momento lo volevano ammazzare.

Il bambino aveva paura della morte, lui gridava molto forte e cercava di liberarsi dalla trappola mortale, ma contro i rappresentanti del Vaticano era lui senza potere.

Le sorelle mandarono subito Walter e gli altri bambini fuori e chiusero la stanza mortuaria a chiave, cosi che nessuno poteva entrare.

La domenica dopo, la madre del defunto venne a trovare suo figlio, ma alla povera donna le rifiutarono di vederlo, e le dissero a sangue freddo che il bambino era morto e la buttarono fuori.

Walter non poteva dimenticare le grida mortuarie, però si accorse che aveva il talento di vedere i defunti e comunicarsi con loro.

Lui promise al suo amico morto, che avrebbe provveduto di far rendere nota le circostanze della sua morte, e cosi provvedere che l'anima di questo caro amico avrebbe potuto ritrovare di nuovo la sua pace.

(Al più tardi, dopo la pubblicazione questo libro, la dea giustizia provvederà, che l'assassinio sarà scoperto e il cadavere di quest'anima sia esumato, i resti della bara approveranno che il bambino era ancora vivo quando è stata inchiodata la bara).

In tutto il tempo, che Walter era in questo collegio, Agnese era andata a trovarlo solo una volta.

Contrariamente suo padre Domenico veniva a trovarlo ogni volta che era per affari nella vicinanza, due o tre volte il mese.

Nell'anno 1962, quando Walter era decenne trascorreva le vacanze scolastiche a casa.

Un giorno era solamente con Agnese nella villa, quando una lunga Limousine con lastre oscurate si fermò davanti alla proprietà di famiglia.

L'autista aprì la porta posteriore dell'automobile per lasciar scendere una suora, nello stesso momento vide Walter che seduto accanto alla monaca c'era un'eminenza della famiglia del Vaticano vestito con un talare rosso.

Agnese disse a Walter che la suora, che si chiamava pure Agnese era una cugina, la quale venuta extra da Roma per conoscere Walter.

Walter aveva sentimenti contrastanti di fronte a questa suora, che era evidente molto più anziana d'Agnese e che aveva anche una somiglianza sbalordita.

Da una parte si sentiva molto fortemente da lei attirato, ma d'altra parte un fortissimo sentimento di rifiuto e disprezzo.

I ricordi sulla propria nascita apparsero come un film davanti ai suoi occhi.

Era la suor Agnese la sua vera madre naturale, che lo abbandonò
subito dopo la nascita?
Era l'eminenza, che era seduto nella limousine, possibilmente
perfino il suo vero padre naturale?
Quale suora si lascia portare in una limousine da Roma a Milano,
accompagnata da un'eminenza, per andare a visitare un solo
cugino di dieci anni?

Quando Walter aveva circa tredici anni, Domenico decise contro la
volontà d'Agnese, che il bambino venisse ad Arese dalla famiglia e che li
andasse anche a scuola. Uno degli ultimi giorni nel collegio, quando
Walter si voleva accomiatarsi dai suoi migliori amici, gli venne
consapevole che era fidanzato con dieci ragazzi contemporaneamente.
Lui sapeva che era molto amato, ma con dieci contemporanei, venne
veramente consapevole nel momento che si voleva congedare.

Il riconoscimento (1965-1967)

Arrivò il giorno che Walter dovette lasciare definitivamente il collegio a Traona.
Cera stato un tempo meraviglioso, Walter era felice, Domenico andò a prenderlo con un camioncino, però sempre più si avvicinò ad Arese sempre più diventò Walter molto triste, i ricordi terribili sulla propria nascita ed i primi otto anni della sua vita ritornarono.
Egli sapeva non appena arrivato a "casa" sarebbe stato consegnato privo d'aiuto alla cattività d'Agnese, *"la strega nera"*.
Lui era caduto in depressioni acute e quando era arrivato a casa era già ammalato con febbre molto alta, il medico era perplesso, sola Agnese sapeva ma non era disposta a rivelare il "segreto".

Solamente quando Walter viveva ad Arese venne veramente a conoscere la sorella Elena e i fratelli Angelo e Mimmo, diventò consapevole che in realtà solo da circa tre anni li aveva visti e soli nel periodo di ferie.
(Era stato intenzionalmente tenuto Walter lontano dai fratelli e sorella?).
Walter conosceva solamente il "fratello" Mimmo *("il frutto della relazione amorosa con Vittorio")*, e non poteva neanche dimenticare come Mimmo era poco dopo la sua nascita in ospedale legato al letto con molti tubolari per le infusioni, a causa di un avvelenamento *(presumibilmente il latte materno d'Agnese non era irreprensibile)*, si trattò di vita o morte.

Alcuni anni dopo Elena ed Angelo sono stati mesi in un collegio e venivano a casa solo per le ferie.
Poco tempo dopo Agnese imporre, che Walter fu rimesso di nuovo in collegio, a Thiene provincia di Vicenza, dove cera Elena e nel frattempo anche Mimmo, in realtà un istituto per bambini che erano minorati e le vittime della catastrofe chimica in Seveso in Italia del Nord, il collegio fu condotto dalle suore.
Questa volta Walter si rifiutò di fare il gioco, lui entrò con effetto immediato nello sciopero di fame e minacciò nel caso non fu mandato di nuovo a casa, sparirà entro due settimane.
Guarda lì, dopo circa dieci giorni erano venuti a prenderlo.

Walter ha vissuto in Arese circa due anni, prima sembrò che in famiglia andasse tutto bene ma l'apparenza ingannava.

Walter incubi e sonnambulismi venivano sempre più spesso, e lui cominciò a fare domande.

Agnese tentò primo di ignorare le domande, ma Walter insisté in continuazione a farle, cosi Agnese inventò delle menzogne che diventavano sempre di più contraddittorie e dubbiose.

Poiché il nome Walter era molto raro in Italia, voleva lui sapere perché è stato venuto chiamato così, Agnese sosteneva che così si chiamava un ex-fidanzato da Padova.

Walter aveva sempre il forte sospetto che da neonato era stato, per mezzo di un'operazione, trasformato in un maschio (infine gli incubi devono avere un significato), perciò cercò di trovare prove e guarda lì nel pube trovò (quasi invisibile) una cicatrice.

Lui cercò di ricevere delle spiegazioni da Agnese, lei prima cercò di ignorarlo poi gli raccontò (in un modo e tono, che Walter già da lei conosceva, quando lei diceva menzogne e tentava di nascondere la verità) che quando era nato fu operato all'ernia.

Il sospetto che Agnese non era sua madre naturale (nonostante la forte somiglianza) diventò sempre più forte (quale madre naturale tradisce, vende, mentisce, sfrutta e tenta di avvelenare ed uccidere il proprio bambino naturale?).

Walter aveva già notato da molto tempo che Agnese era una bugiarda acuta ed assolutamente indegna di fede, ma lei beve molto volentieri il vino (... e come un vecchio proverbio dice: "Nel vino c'è la verità"), questo Walter ne fece uso per venire a sapere la verità.

Walter ricavò, quando Agnese aveva bevuto alcuni bicchieri di vino, diverse conferme sulle sue supposizioni, tra le seguenti:

► Egli venne a sapere che quella "persona" che lo aveva partorito, tutto il tempo di gravidanza lo passò vestita da suora in un convento, che lei voleva partorire assolutamente un maschio, che alla nascita è stato costatato delle malformazioni e che sono state fatte delle "correzioni".

► ... che lei ha una cugina che è suora e che lei si chiama pure Agnese.

► ... finché aveva circa sei anni, lui era in un convento vicino a Como, e in quel periodo cera stato anche un terremoto.

► ... e molti altri segreti d'Agnese.

Quando Agnese era di nuovo sobria, Walter confrontò ella con le sue stesse dichiarazioni, ma lei negò tutto ed sosteneva che lui fosse un bugiardo e che avrebbe una ricca fantasia.

Da quel momento in poi era Walter sicuro che gli incubi che venivano di continuo si trattavano di ricordi veri.

Walter fece ad Agnese chiaro che conosceva la verità, ché lei non è degna di fede e che lui non credeva che lei sia sua madre.

L'apparenza che nella famiglia Turiano andò tutto bene, cominciò ad andare in fumo.

Agnese lasciava in ogni occasione sentire a Walter che l'odiava, continuamente tentava lei a provocarlo che la picchiasse e cosi per avere un motivo per ributtarlo definitivamente in un collegio, ma Walter ignorava semplicemente Agnese e la trattava come se lei non esistessi, però con una certa cautela perché lui sapeva che Agnese era la sua nemica peggiore.

(Chi ha Agnese come amica, moglie, parente oppure come madre non ha bisogno di nessun nemico!).

In questi tempi Walter comincio ad avere pensieri di suicidio, egli decise di abbandonare questo mondo con massimi ventuno anni d'età, ma siccome la situazione diventava sempre più insopportabile tentò lui più prima.

Col tempo costatò Walter, che possedeva anche il talento di farsi invisibile o perfino viaggiare con il suo "corpo astrale" in altri mondi.

Walter utilizzò questo dono per sfuggire da tali situazioni, lui spariva per ore spesso perfino per giorni (senza lasciare la proprietà di famiglia), sono state compiute perfino delle azioni di ricerche, ma anche se era di vista nessuno lo poteva vedere (o nessuno lo voleva vedere?), neanche quando lui si procurava da mangiare in cucina durante Agnese lavava i piatti non fu mai stato visto.

Agnese tentò tutto possibile per sottomettere Walter, perfino della "magia nera" ne fece uso, lei si appropriò durante un'estrazione dal dentista un dente di Walter per usarlo in una cerimonia nera.

Gli dei avevano previsto anche questo e per questo avevano dotato Walter con un mantello di protezione, che come uno scudo rifletteva i carismi negativi indietro al mittente.

Agnese cercò di convincere Walter, che i bambini "devono sempre e ciechi" credere e fidarsi dei loro genitori soprattutto la madre, poiché i bambini sarebbero stati "solo" qui per sussidiare i propri genitori soprattutto quando sono anziani e che loro "devono in ogni caso" onorarli e rispettarli.

D'altra parte fece Walter inequivocabilmente chiaro che essere creduti, fidati, onorati e rispettati dovevano averseli prima guadagnati, e che "prima dei diritti" ci sono i doveri.

Poco tempo dopo aveva avuto Walter stranamente un incidente, scendendo giù dalla cucina alla cantina, la scala era scivolata via e lui cadette, nello stesso momento era entrato Domenico in cucina (lui era ritornato inaspettato a casa), fulminatamene Agnese aveva reagito e aveva afferrato subito il braccio di Walter e cosi aveva impedito il peggio.

(Aveva Agnese tentato di nuovo di assassinare Walter, e solo nell'ultimo secondo salvato, perché lei non voleva testimone? Poiché la scala era così fissata, che nessun incidente potesse accadere).

Agnese cominciò a fare Walter male, lei raccontava ovunque che lui era cattivo ed altre bugie.
Perfino zio Pierino (Pietro) la credeva senza chiedere la versione di Walter (poiché ogni medaglia ha due lati), e in un paio di casi differenti schiaffeggiò Walter.
Agnese cercò di convincere Domenico di espellere nuovamente e per sempre Walter, ma Domenico sì rifiutò e difese Walter.

Agnese ritorse lo spiedo e rese la vita di Domenico un tormento infernale, lei rifiutò i doveri matrimoniali, gli serviva i cibi troppo salati, e lo provocava di continuo a litigare, e così altro.
Beh sì, il povero Domenico non gli restava altro di andare altrove, in fin dei conti egli doveva soddisfare i suoi bisogni sessuali, dove riceveva anche decorosamente del cibo ed avere la sua pace da Agnese, però lui non l'aveva mai picchiata neanche quando lei gli buttò dietro la caffettiera piena di caffè bollente.
In pochi anni riuscì Agnese, che Domenico aveva tutto perduto e cosi e stato costretto a dichiarare fallimento.
Domenico si separò da Agnese, poiché lei era insopportabile.

In un tempo che Walter abitava e lavorava con Domenico, Domenico gli raccontò alcuni "segreti di famiglia" tra altro anche:
► Quando era un giovanotto, quando la guerra era finita, Mussolini élite avevano arrestato quattro uomini diversi e li avevano costretti a trasportare e seppellire in un posto segreto due casse pesanti e a forma di bara.
Domenico trasportò la prima cassa, quando quella di dietro essendo caduta si rompesse, disse uno degli uomini: "Ma questo è metallo prezioso!"
Dopo la conclusione della missione segreta, gli uomini furono apparentemente rilasciati, però Domenico venne consapevole che gli

altri tre morirono, uno dopo l'altro in misteriose "disgrazie", lui lasciò immediatamente la regione il Lazio e salvò probabilmente la sua vita.

(Walter non capiva se questa storia fosse vera oppure no, ma stranamente brevemente dopo tutte le medie italiane parlarono del "tesoro di Mussolini", anche l'avvocato Moschella, un cugino di Domenico che aveva il suo ufficio a Milano, era ardentemente interessato a scoprire il segreto e per questo tentò di interrogare Walter).

► Domenico raccontò riguardo al sospetto che il nonno Luigi, il padre d'Agnese fu probabilmente avvelenato nell'anno 1958.

(Interessante è che dopo dieci anni della sua morte, quando fu messo in un altro posto, la sua salma era ancora quasi intatta e aveva una muffa verde, un chiaro sintomo di un avvelenamento d'arsenico!).

C'era anche alla voce, che il secondo marito della nonna Maria Luigia, la madre d'Agnese, sì "sbarazzò" della sua prima moglie buttandola giù dal balcone.

► Domenico raccontò a Walter anche, che aveva depositato una busta sigillata per lui presso la questura di Milano, in questa busta fu scritto tutto la "verità" riguardo Walter "origini" e le sarà consegnata a mano, non appena diventerà maggiorenne.

(Stranamente breve tempo dopo riuscì Agnese ad ottenere, che Domenico fu messo in un manicomio e che gli fu fatto il lavaggio del cervello.
La busta che Domenico aveva lasciato presso la questura, sparì senza lasciare traccia).

Domenico & Agnese

Circa 1965

Prendere la fuga (1967-1969)

Il tribunale dei minorenni tolse il diritto di tutela ai genitori Agnese e Domenico.

Dato che Elena, Angelo e Mimmo erano già in collegio, era il problema, cosa fare con Walter che aveva già circa 15—16 anni?

Nel procedimento giudiziario per la tutela, fu chiesto a Walter la sua opinione.

Lui fece inequivocabilmente chiaro, che preferiva vivere sulla strada che andare di nuovo in collegio o di vivere con i "genitori", e assolutamente non con Agnese!

Il giudice dei minorenni gli spiegò d'altra parte, che non sarebbe possibile, poiché lo stato italiano si assunse la responsabilità per lui.

Egli promise a Walter, che ordinerà una sistemazione in un convitto a Milano, dove di giorno poteva essere completamente libero però la sera doveva ritornare li, là aveva come minimo vitto e alloggio sicuro e a spese statali.

Il giudice chiese a Walter d'avere pazienza per un paio di mesi finché ci fu un posto libero, e nel frattempo di abitare ancora con Agnese.

Diventò uno dei più lunghi e peggiori periodi in Arese, che Walter era assolutamente solo ed indifeso, imprigionato tra gli artigli d'Agnese.

Purtroppo il suo buon amico e body-guard era da poco morto, un cane pastore di nome Bobby, che sempre ed ovunque lo accompagnava e proteggeva, perfino quando Walter era a scuola egli lo aspettava davanti all'edificio scolastico.

La sua terapeutica Bianca, una gatta bianca come la neve, che gli dava assistenza psicologica durante le sue fasi depressive, era sparita da mesi senza lasciare traccia.

Gli dei siano ringraziati, che lui in questo periodo aveva un lavoro occasionale in una piccola azienda familiare per riparazioni d'orologi e gioielli preziosi in una strada secondaria di Via Torino nel centro di Milano, egli non guadagnava tanto denaro ma bastarono per i biglietti della corriera e per i pasti, però per circa dieci ore il giorno Agnese lo lasciava in pace.

Il tempo passò e diventò sempre più insopportabile, Walter decise di sparire senza lasciare tracce, se non viene presto notizia dal giudice dei minorenni.

Circa cinque mesi erano passati dal processo per la tutela, un mattino di domenica apparsero due poliziotti con un mandato d'arresto per Walter, loro non potevano giustificare l'arresto poiché non avevano nessun'informazione.

Nella prigione dei minorenni di Milano chiese Walter un colloquio col direttore del carcere e gli spiegò dell'errore. Il direttore non ebbe nessun dubbio della sincerità di Walter, egli lo fece trasferire in una stanza con un solo altro prigioniero, gli offrì un'occupazione di fiducia in cucina e promise di parlare col giudice per chiarire l'errore.

Più tardi venne Walter a sapere, che quel gentile giovanotto, che condivideva la stanza in soffitta della prigione dei minorenni con lui, non si trattava nient'altro del famoso nobile scassinatore di ville, che prima di lasciare il luogo del reato soddisfaceva sessualmente le donne delle ville, per questo motivo molte derubate vittime non facevano denuncia. Lui propose Walter di portarlo con se, quando organizzò la fuga per il tetto della prigione, ma Walter aveva rifiutato a causa di due motivi, perché soffrì di vertigini e perché non voleva per tutta la vita essere in fuga per errori che non aveva commesso.

Erano passati ancora circa sei mesi che Walter aveva progettato nella fantasia la fuga attraverso la porta per i fornitori della cucina, quando finalmente arrivò il giorno che il giudice fece l'udienza.

Era lo stesso giudice, Walter gli era noto però non si ricordava di che si trattava.

Era stato Walter che gli deve rinfrescare la memoria, dopo avere controllato la dichiarazione di Walter, il giudice si era scusato e aveva promesso il più presto possibile il trasferimento nel convitto.

Walter gli fece inequivocabile, che non ebbe più nessuna pazienza e nel caso la faccenda non venisse in breve eseguita, allora egli spariva definitivamente e in questo caso il giudice doveva subire tutta la responsabilità.

Dopo circa due settimane venne Walter trasferito nel convitto nella Via Torrazza 80, a Gallarate un quartiere di Milano.

Il convitto era stato fondato da tre uomini e da loro condotto:
▶ Uno di loro era un bell'uomo, che era competente per le faccende giuridiche e per l'amministrazione dei soldi degli abitanti nel convitto. Egli non faceva nessun segreto, che era un omosessuale con una predilezione per giovanissimi ragazzi.

Una mattina all'alba, quando Walter suonò alla sua porta dell'appartamento, perché egli aveva bisogno un poco di soldi, lui era tutto sudato ed indossava solamente uno slip nello stesso momento un completamente nudo ragazzino di non più di quindici anni stava uscendo dalla sua stanza da letto. ◄

► Il secondo era un uomo corpulento che zoppicava, lui era competente per l'amministrazione del convitto e anche per la vendita dei coupon di mensa.
Walter aveva sempre una strana sensazione, quando era nella vicinanza di quest'uomo non appariscente, era convinto che avesse avuto a che fare con un criminale, ma allora non riuscì a scoprire il perché.
Molti anni dopo che Walter non era più là, venne a sapere la verità. ◄

► Don Abramo era il terzo uomo e anche il più anziano, lui era competente per le anime.
Deve essere stato un vero Santo, perché cera stato da sentire solo di buono su di lui.
Walter usò tutta la sua *„Dea Afrodite"* abilità per sedurre Don Abramo, ma senza avere nessun successo.
Una sera in un bar, vinse Walter una brocca blu di ceramica piena con Tequila messicana, lui la bevette tutta e ritornò nel convitto.
Egli andò nell'ufficio di Don Abramo, gli regalò la brocca vuota, si spogliò completamente nudo e si mise a ballare sulla scrivania.
Don Abramo restò completamente calmo e non sfruttò la situazione, diede a Walter un paio d'Espressi e quando fu nuovamente abbastanza sobrio lo accompagnò a dormire.
Il giorno dopo Walter era perplesso, nonostante aveva consumato molto alcool non aveva subito nessun avvelenamento, e Don Abramo era stato il primo uomo che lo poteva resistere sessualmente. ◄

Il tempo nel convitto prese il suo corso, Walter ricominciò di nuovo a lavoro nella piccola azienda di riparazioni d'orologi e gioielli preziosi, di sera cercò di frequentare la media nella scuola serale.
Una sera nell'anno 1968, mentre sbrigava i compiti di casa durante che nel televisore il festival di Sanremo era in onda, egli sentisse una voce maschile che cantava una canzone che laverebbe dovuta cantare una donna.
Walter guardò il televisore e vide completamente sorpreso Patty Pravo (* 9.4.1948 a Venezia, Italia; in realtà Nicoletta Strambelli), una ventenne erotica e perfetta come una bambola, una cantante italiana della pop musica (solo la voce disturbava, perché era senza dubbio maschile), lei stava cantando "La Bambola".
Walter riconosce subito di avere possibilmente ancora la possibilità, i danni fisici che Agnese gli ha causato, ancora in qualche modo di farli lasciare riparare.

Alla fine della settimana ed i giorni festivi andava Walter, la maggior parte a piedi per risparmiare, nel collegio a Baggio un quartiere di Milano per andare a trovare il fratello Angelo che aveva tre anni di meno, e se aveva abbastanza soldi da viaggiare nel collegio a Thiene provincia di Vicenda, allora andava a trovare la sorella Elena e il fratello Mimmo il più giovane.

Una volta in agosto, Walter si concesso un viaggio a Santa Teresa di Riva provincia di Messina, per visitare la parentela della parte paterna.

Fu ricevuto cordialmente, ma poco dopo vennero i problemi, Walter fece col suo comportamento femminile, girare le teste degli uomini del paese, le donne lo videro come una minaccia.

Le zie gli proibirono di uscire dalla casa, ma egli non si lasciò proibire.

Il sindaco fu messo dalla propria moglie sotto pressione, cosicché fu costretto dare a Walter l'espulsione dal paese con divieto di ritornare, poiché egli era presumibilmente troppo scandaloso.

Walter non capi perché fu fatto un tale teatro, poiché a Milano nessuna persona si lamentò riguardo alla sua arte femminile, il contrario era il caso.

La vita di Walter si trovava in salita.

Lui ritrovò la speranza d'avere presto la possibilità di farsi operare per ritornare di nuovo come donna, e cosi lasciare la propria personalità sviluppare.

La speranza sbiadì quando per caso scoprì, che Agnese dietro le sue spalle, causava da Don Abramo la falsa compassione.

Walter fece inequivocabile chiaro, che attraverso decisione del tribunale Agnese non aveva nessun genere di diritto su di lui, per questo lei doveva lasciarlo in pace e non si doveva mischiarsi nella sua vita poiché lei era indesiderata.

Dal quel giorno andò tutto di nuovo in discesa.

Un giorno venne la zia Carmelina (Carmela), la sorella più giovane di Domenico, dalla Sicilia e chiese a Walter d'aiutarla a cercare un lavoro.

Walter che era troppo ingenuo si prese alcuni giorni di ferie.

Alcune settimane dopo, perse Walter il suo posto di lavoro, come motivazione il datore aveva affermato che Agnese continuamente gli telefonava, e quando Walter non era presente allora appariva anche nella ditta a provocare compassione.

Domenico, che fu dimesso da mesi dal manicomio, andò a trovare Walter e gli presentò la sua amica tedesca Hildegard Haetzel.

Domenico fece Walter l'offerta, se lui fosse d'accordo, di fare la domanda di tutela e che si preoccupava per il suo mantenimento.

Walter accettò volentieri, ma solamente se non avesse più a che fare con Agnese.

Una settimana dopo aveva Domenico, in presenza ed approvazione di Walter, all'assistenza dell'assistente sociale nell'ufficio di protezione all'infanzia, firmato le carte per la tutela.

Breve tempo dopo Agnese indusse, che Domenico fu mandato di nuovo a finire nel manicomio.

Era stata l'impiegata sociale la traditrice, che aveva informato Agnese riguardo alla domanda di tutela?

Hildegard, che parlava a malapena l'italiano e non aveva nessun aiuto da aspettarsi dal consolato tedesco, chiese a Walter di aiutarla a vendere i suoi gioielli preziosi.

Walter gli consigliò, di non vendere tutti quei bei gioielli preziosi, ma solo una piccola catenella insignificante d'oro, questa sarebbe completamente bastata per il viaggio di ritorno a Berlino, e cosi la perdita rimaneva nei limiti.

Per mezzo di questo consiglio diventarono Hildegard e Walter buoni amici.

Hildegard ritornò a Berlino, e Walter si accorse che Agnese sempre ancora lo spiava, egli lasciò definitivamente il convitto e andò a vivere nella Via Confalonieri di fronte al ministero delle finanze a Milano, una piccola stanza con il tetto che era permeabile, dove Domenico aveva penultimo vissuto.

Nello stesso anno, fra l'autunno e l'inverno del 1968 morì la nonna da parte di padre, Domenico aveva avuto il permesso per partecipare al funerale di sua madre in Sicilia.

Subito dopo la sepoltura, Domenico emigrò a Berlino da Hildegard e cosi definitivamente sfuggire da Agnese.

L'inverno 1968—1969 era stato terribile per Walter, nella piccola stanza faceva freddissimo, soldi per i cibi non n'aveva e assolutamente nemmeno per il combustibile.

Tre differenti vicini di casa molto poveri e anziani, una donna la quale aveva i piedi piatti come handicap fisico, una maestra che era già stata pensionata da molto tempo, ed un signore che si teneva a galla con un lavoro di guardiano in un parco per automobili, sebbene loro non avessero avuto neanche per se stessi, portavano sempre di continuazione una minestrina a Walter e quando sapevano dove cerano da guadagnare un poco di soldi, allora lo informarono subito.

Senza i tre generosi vicini di casa, certamente Walter non sarebbe sopravvissuto quell'inverno.

La primavera arrivò, dopo che le autorità presero conoscenza che l'edificio nella Via Confalonieri fu in pericolo di crollo, vennero gli abitanti con emergenza evacuarti nella casa adiacente.
Walter fu dato un posto in una stanza con altri ragazzi, dove ci furono solo dei letti provvisori.
Lo stesso pomeriggio apparse improvvisamente e non gradita Agnese, lei sfruttò Walter ingenuità e bontà d'animo e sosteneva con insistenza che non aveva nessun posto da dormire per la notte.
Walter non poteva più sopportare alla sua lamentela, perciò le disse che poteva dormire per solo una notte nella stanza la quale lui stesso fino il giorno precedente aveva dormito, ma doveva stare silenziosa e non doveva lasciare il posto fino il giorno dopo, poiché ci fu stato un divieto per la notte.
Il giorno dopo Walter si pentì, Agnese aveva abusato della sua buona fede, frugò tutto e fece sparire alcune cose, quando Walter gli chiese il motivo, lei negò tutto ed aveva anche la sfacciataggine ti tentare di ricattarlo con l'argomento che lui l'aveva lasciata dormire lì nonostante era vietato, nel caso egli non avrebbe affermato alle autorità, che Agnese abitava insieme già da alcuni tempi.
Walter la buttò subito fuori, gli sostenne che si dovesse vergognare e che lo poteva pure denunciarlo, lei si accorgerà chi tirerà il fiammifero più corto.

Chi informò Agnese sull'evacuazione d'emergenza, e voleva lei col tentativo di ricatto, di venire cosi in possesso di un appartamento, poiché lei abitava da lungo in una pensione?

Alcune settimane più tarde un signor Vito Ratano, un ingegnere dell'Alfa Romeo di Milano apparse, Walter l'aveva già visto, quando la proprietà dei Turiano fu messa all'asta, a causa del fallimento.
Egli non poteva prendere in possesso il podere, se Domenico, il proprietario precedente, non avesse prima sgomberato tutto, e sporgere querela di sgombero avrebbe durato molti anni.
Walter si dichiarò disposto a comunicarsi per iscritto con Domenico, ma non poteva dare nessuna garanzia di successo.

Walter era un poco confuso che il signor Ratano qualche giorno dopo di nuovo venne, ma Vito gentilmente gli spiegò che aveva parlato con sua moglie riguardo alla situazione di Walter, e se era d'accordo, allora lo volevano aiutare a cercare un'altra abitazione ed un lavoro, Walter accettò l'offerta d'aiuto.
Walter era ancora minorenne, perciò la disponibilità d'aiuto fu un poco complica, ma si potrò trovare soluzioni d'intermedie.

Il nove luglio, Walter aveva potuto incominciare come apprendista nell'impresa di metalmeccanici LA. ME. PRE. s.r.l., la quale più tardi si trasferì in Via Negrotto 43, e venne trovato una piccola stanza in Via Gian Battista Grassi nel quartiere Roserio non lontano dal posto di lavoro.

Nel frattempo Domenico aveva concordato lo sgombero della sua ex proprietà, purtroppo la vendita delle macchine di fabbrica non portò molto, dato che si era potuto venderle solo come ferro vecchio, ma così i Ratano aveva potuto prendere in possesso la propria proprietà.

Walter riteneva i Ratano come sua famiglia, poiché in verità ne possedeva una sola sui documenti.
I Ratano riferirono a Walter, che loro conoscevano una famiglia con bambini piccoli, la quale voleva volentieri adottare la sorella Elena, che si sarebbe dovuta prendersi cura dei bambini, ma solo se Walter era d'accordo.
Walter d'altra parte disse, sebbene egli non avesse nulla di contrario ed era anche l'anziano della sorella e fratelli, non aveva però nessun'intenzione a dettare loro quel che dovevano fare, quindi la proposta dovevano farla direttamente ad Elena, poiché solo quello che lei voleva contava.
Elena accettò la proposta e venne a Milano dalla nuova famiglia adottiva, che era un paio di minuti lontano dalla stanza di Walter.
Più tardi i Ratano volevano anche aiutare, che anche il fratello Mimmo poteva venire a Milano, forse perfino nel collegio a Baggio, dove era il fratello Angelo.

In fondo si poteva pensare, che da quel tempo in poi per Walter andasse tutto in meglio.
Al lavoro non cerano problemi e fu accettato come lui era, anche nel suo solito ambiente le persone erano gentili con lui.
Egli andava a visitare Angelo come minimo una volta la settimana, ed Elena la poteva perfino vedere quasi ogni giorno, ma dove c'è il sole lì c'è anche molte ombre.
Agnese era venuta a sapere, a traverso una spia nell'assistenza sociale dei minorenni, il nuovo indirizzo d'Elena.
Lei costrinse Elena di svelargli indirizzi di Walter, e ricominciò a terrorizzarlo.
Walter cercò di sottrarsi dal sangue freddo terrorismo d'Agnese, ma lei non mollò e s'imboscava di continuo per pescarlo.

Costretta al suicidio ed emigrazione (1969-1970)

L'autunno 1969, sebbene fosse freddo e così nebbioso che la nebbia si poteva tagliarla con un coltello, venne noto come all'autunno più caldo di Milano, perché continuamente cerano scioperi generali e la gente fece molte dimostrazioni.
Walter sarebbe sopravvissuto certamente anche questo cattivo tempo, se Agnese lo avesse lasciato in pace.
Lui deperimento di nuovo in acute depressioni.

Il lunedì del dieci novembre, poiché lui non vedeva nessun'altra soluzione di essere lasciato definitivamente in pace d'Agnese, egli decise di suicidarsi, cucinò una minestra con un litro di candeggina forte e si costrinse a mangiarla tutta.

Gli Dei però non erano ancora disposti, Dea Afrodite di richiamarla in Olimpo.

Era stata una notte atroce, ma Walter la sopravvivo, era rimasto ancora un giorno a letto poiché non era in grado di alzarsi.
Il mercoledì prese la decisione di emigrare e così scappare per sempre da Agnese, prese le sue ultime forze e si andò a prendere informazioni riguardo prezzo, orario e se la sua carta d'identità per l'ovest di Berlino Germania era valida.
Il giovedì licenziò il suo posto di lavoro presso LA. ME. PRE., come motivo aveva dato che un cugino da Roma lo aveva invitato a vivere e a lavorare da lui.
Con questa bugia necessaria, voleva Walter mantenere segreta l'emigrazione.

La paga per i recentemente dieci giorni lavorativi sarebbe bastata per il biglietto per l'ovest di Berlino, e in caso d'occorrenza anche per il viaggio di ritorno.
Venerdì il quattordici, sparì Walter senza accomiatarsi e senza lasciare tracce da Milano.

Il viaggio in treno, lo trascorse in uno scompartimento per non fumatori solo con uno gentile, carino e servizievole giovanotto italiano, il quale aveva qualche anno di più.
Breve tempo dopo, loro divennero intimi, e così dimenticò Walter per alcune ore che quattro giorni prima si trovava sulla soglia della morte.

Breve distanza prima del confine della R.D.T. (Repubblica Democratica Tedesca), il ragazzo scese dal treno.

La polizia di frontiera della R.D.T. aveva sfruttato che Walter non parlava la lingua tedesca, e gli derubarono tutti i suoi ultimi soldi, così essi avevano preso Walter una decisione importante.
Dal quel momento sapeva Walter, che era un viaggio senza ritorno e che era costretto a restare nell'ovest di Berlino, se lui voleva o non voleva.

Sabato il quindici novembre verso le ore diciotto Walter arrivò alla stazione di Berlino Ovest—Giardino Zoologico, egli sapeva che Domenico e Hildegard ogni sabato sera andavano a visitare i genitori di Hildegard.
Andò alla stazione dei taxi e mostrò al tassista un foglietto con l'indirizzo dei genitori di Hildegard nel quartiere Wedding vicino alla Via Mugnaio (Müllerstraße).

Lì, mostrò Walter al signore anziano, che aprì la porta, una fotografia di Domenico con Hildegard.
Hildegard fu chiamata, lei lo accolse con gran gioia e pagò il tassista, quando Domenico vide Walter, prese quasi un infarto cardiaco e per alcune ore non fu in grado di parlare.

Walter chiese Domenico di essergli utile a trovare lavoro ed abitazione, e si dichiarò disposto a restituire al più presto possibile i soldi imprestati.
Nel primo momento, Domenico non era disposto, ma poi cambiò la sua opinione e si dichiarò disposto ad aiutarlo.
La prima notte dormì Walter nel riscaldato capanno da giardino, però il giorno dopo che fu noto che in inverno era proibito, fu alloggiato di nuovo in casa.

Domenico mantenne la sua parola, e anche con l'aiuto di Hildegard gli fu procurato il permesso di soggiorno e per lavorare.
Fu trovato una stanza in subaffitto, presso una pensionata attrice anziana nel quartiere Zehlendorf, e il vent'otto novembre cominciò a lavorare nella ditta Stempel-Freiberg che produceva timbri nel Viale Federale 214 (Bundesallee 214), dove lavora anche Domenico.
Già con la prima paga del mese, Walter poté saldare i debiti con Domenico.

I tempi degli hippy (1970-1976)

Gli anni settanta, i cosiddetti tempi degli hippy, erano per Walter quasi come una benedizione.
Egli poteva vivere la sua parte femminile quasi completamente senza dare molto nell'occhio, si lasciò crescere i capelli, indossò calzoni molto stretti, camicette stravaganti, Scarpe con tacchi alti, Pellicce da pelle di coniglio e così via.
La gente credeva che fosse un hippy, solo i suoi amici e le persone che lo conoscevano da molto tempo sapevano o sospettavano la verità.

Con Domenico fece piazza pulita già alcuni mesi dopo, durante un cosiddetto "colloquio tra padre e figlio", gli fece chiaro che egli amava solamente uomini.
Domenico era scompigliato, sembrava che si ricordasse di qualcosa ma non poteva ricordarsi, non era in grado di dire qualcosa.
Da questa conversazione in poi, si videro raramente e il rapporto era molto teso, per questo Walter dovette lasciare l'occupazione presso la ditta Stempel-Freiberg dopo circa tre mesi, breve tempo dopo Domenico cominciò a lavorare nella ditta AEG in Berlino-Wedding com'elettricista.

Il lavaggio del cervello, che Domenico aveva ricevuto nel manicomio fu fatto accuratamente, egli dimenticò la maggior parte e molto dovette imparare di nuovo.
Per esempio all'inizio degli anni settanta, quando lavorava nell'AEG, mostrò a Walter dei disegni del progetto per un treno elettrico che poteva andare su una sola rotaia.
Domenico era assolutamente convinto che l'avesse inventato da breve tempo, ma Walter si ricordava bene, che tale progetto glie lo avesse già mostrato molti anni prima, quando viveva e lavorava con lui in Arese.

La piccola stanza in Berlino-Zehlendorf, si poteva riscaldarla solo con un fornello a gas, per questo era molto umida.
L'attrice anziana coabitava con un nipote che aveva almeno cinquanta anni meno di lei, e probabilmente avevano quasi ogni notte sesso insieme, poiché era improbabile che entrambi facessimo quasi tutte le notti salti sul letto, spesso Walter non poteva dormire poiché la sua stanza era accanto.
La signora anziana aveva incolpato Walter del furto di un anello con diamante falso, quello come scomparso era anche stato di nuovo ritrovato.

Gennaio o febbraio dell'anno 1970, Walter si trasferì in una casa per lavoratori, che era in precedenza un convento, nella Via Schönstedt (Schönstedtstraße) Berlino-Wedding di fronte alla pretura, li abitò per circa un semestre.

In marzo trovò un posto di lavoro per circa sei settimane presso il distributore di benzina DEA in Berlino-Wilmersdorf, come lavatore d'automobili.

Alla fine d'aprile trovò tramite Giovanni, un amico italiano, lavoro presso l'industria tessile Fritz Marggraff in Berlino-Charlottenburg, là lavorava alle macchine di maglieria e fu occupato fino l'aprile 1971.

Walter era irritato ogni volta che riceveva la paga, nascosto tra varie partite, fu sempre tolta una certa percentuale per imposte per la chiesa. Egli aveva l'opinione, che una tale tassa dovesse essere solo su base volontaria, poiché era ancora minorenne, chiese a Domenico una firma per l'uscita dalla chiesa.
Prima era Domenico contrario, ma firmò con gioia quando gli fu chiaro che cosi si risparmiava tassa, un paio di giorni dopo uscì anche lui dalla chiesa.
Il giudice chiese a Walter il motivo dell'uscita, come risposta aveva ricevuto: "Alla mia nascita non mi fu chiesto, se ero d'accordo oppure no!"

Nella seconda metà dell'anno 1970, ricevete tramite Domenico un'abitazione con una stanza, con la cucina, e stufa di maiolica, pero con WC fuori dell'abitazione, era un edificio in demolizione nella Via Ramler 15 (Ramlerstraße 15) in Berlino-Wedding.

Walter non aveva ancora diciotto anni, quando emigrò dall'Italia, così aveva potuto con domanda adeguata farsi esonerare dal servizio militare.
Era stato ufficialmente considerato come se facesse il servizio civile all'estero, per così dire come rappresentante d'Italia, però come tale poteva andare in Italia per circa soli tre mesi l'anno e doveva ogni volta richiedere domanda in anticipo, finché si aveva trenta anni.
Ogni volta arrivati in Italia, si doveva annunciarsi presso la polizia, in caso che si venisse pescati fuori del tempo concesso oppure senza aversi presentati presso la polizia, allora si veniva costretti a fare il servizio militare.

Walter aveva ricevuto i manoscritti per il ruolo principale nel film riguardo "Gesù Cristo" e per il poliziesco "Nel nome della legge".

Dopo che fece domanda per iscritto e con fotografie al film-maker nella città dei film "Cinecittà" nei dintorni di Roma.
Egli sarebbe dovuto andare per più di sei mesi a Roma per le prove dei film, purtroppo dovette rinunciare, altrimenti lo stato italiano avrebbe incassato il novantanove per cento del compenso d'attore, per motivo del servizio militare.

Primavera dell'anno 1971 Giovanni voleva sposarsi, per questo chiese a Walter se voleva fare il suo testimone di nozze in Italia, egli accettò con gioia.
In aprile andò Walter, per la prima volta dopo la fuga e contro la volontà d'Agnese, con la macchina sportiva di Giovanni prima nella Toscana, purtroppo Walter non potò fungere come testimone di nozze poiché era ancora minorenne ma si trovò un sostituito.
Alcuni giorni dopo partì col treno, prima a Thiene per visitare Mimmo poi a Milano, dove i primi giorni alloggiò in una pensione.
Alcuni giorni dopo, fu ospitato da un giovanotto, il quale ne venne a conoscerlo nel cinema in Via Torino, li rimase fino quando ritornò a Berlino.

Durante un incontro con Elena ed Angelo nell'abitazione di zia Silvana, cera anche presente Agnese.
Agnese era apparsa senza dentiera per eccitare a Walter compassione, lei sosteneva che nel posto di lavoro come donna di servizio, lì la facevano lavorare come una bestia e non gli davano abbastanza da mangiare.
Walter conosceva già questo trucco, per questo le disse freddamente, che lei si deve mettersi la dentiera in bocca, cosi si accorgerà che non soffre di denutrizione.
Agnese iniziò, poiché non riusciva ad ottenere niente, a terrorizzare Walter di nuovo, così che fu costretto a lasciare di nuovo l'Italia velocemente.

Ritornato a Berlino, costatò che era stato licenziato, si doveva tenersi a galla con il sussidio per disoccupati o con piccoli lavori d'occasione, spesso era malato e diventò sempre di più malato, quasi tutte le notti ritornavano i vecchi incubi in continuazione, i quali già dalla sua nascita e i primi otto anni della sua vita lo perseguitano.
Egli tentò sempre in continuazione di eliminarsi da questa vita, ma purtroppo senza successo.

Dalla metà di giugno lavorò per circa tre settimane nella ditta Gerritvan Delden & Co. in Berlino-Zehlendorf, e della fine d'agosto fino alla metà di novembre presso B. Th. Vomachten in Berlino-Spandau, entrambe nell'industria tessile.

In novembre 1971, in cammino verso l'ufficio di collocamento, fu investito da un velocissimo tassista, volò per alcuni metri cadendo con la testa sul marciapiede, a causa della commozione cerebrale fu scritto malato per più di sei mesi.

Non prima della fine di maggio 1972 poteva lavorare di nuovo, trovò un posto da Rudolf Pienn, un negozio per tappeti e tende in Berlino-Wedding, là fu occupato fino a fine di febbraio 1973.

Nell'anno 1973 col boicottaggio dell'olio lubrificante venne anche la crisi economica, e con essi anche il lavoro a orario ridotto e la disoccupazione, anche Walter se la venne a sentire e fino a fine di luglio rimase senza lavoro, poi trovò lavoro fino alla metà di settembre 1976 presso la ditta tessile Heinrich Kunert in Berlino-Marienfeld.

Sarà stato una serata nel quel periodo, che Walter nella missione italiana in Berlino-Wilmersdorf nella vicinanza della metropolitana Uhlandstraße, venne a conoscenza di un uomo basso e brutto ma molto simpatico, che si presentò come Allan Stewart Konigsberg.
Avrà avuto non più di quaranta anni, e disse d'essere Woody Allen. Allan raccontò Walter alcune parti della propria storia, per esempio riguardo alla sua compagna Mia Farrow e la questione a causa dei gemelli, egli mostrò perfino alcuni giornali, ma Walter il nome "Woody Allen" non gli diceva niente poiché fino a questo momento non l'aveva mai sentito.
Beh sì, in ogni caso nonostante che Allan non era Walter tipo, Allan riuscì ogni volta d'avere sesso con lui, Allan come apparso sparì un giorno da Berlino.
Non prima alcuni anni dopo vide Walter dei film di Woody Allen, e lo riconobbe.

Forse solo dopo la pubblicazione di questo libro, si verrà a sapere se Allan, che allora Walter ne fece conoscenza, in realtà Woody Allen era o solo un sosia, e forse questa storia sarà filmata da Woody Allen.

In Ferie in Italia andava Walter, sebbene aveva un buonissimo rapporto con fratelli e sorella, molto di raro e se andava cercava di evitare Agnese, poiché di solito cera sempre da litigare e lui cadeva sempre in depressioni, con la conseguenza che egli tentava di togliersi la vita.

Angelo conosceva già da anni la problematica di Walter ed anche su Agnese cattiveria.
Una volta raccontò, che aveva ricevuto in regalo, da una contessa di Milano, un completo arredamento di mobili antichi, ma fu costretto a rifiutare il dono, perché Agnese voleva impadronirsi del potere.

Il principio di Walter era "privato e affari oppure professionale di tenerli separati", sebbene si lasciò nell'anno 1975 o 1976 con i tentativi d'avvicinamenti sessuali di un superiore nella ditta Heinrich Kunert.
Era un biondo e molto snello giovanotto dalla Baviera, poiché l'atmosfera lavorativa non era più buona, perse Walter il suo posto di lavoro.
Il ventuno settembre 1976 trovo un nuovo lavoro presso la ditta tessile Lorenit di lana manifattura in Berlino-Spandau, li controllava la stoffa se non aveva dei difetti e lavorò fino luglio 1979.

Nonostante visioni del futuro incapace di cambiarlo (1976-1978)

Ottobre 1976 venne il giorno, che la casa nella Via Ramler 15 (Ramlerstraße 15) in Berlino-Wedding doveva essere demolita. Walter trovò presto un monolocale nel grattacielo nel Sentiero Candela 1 in Berlino-Spandau non lontano dal posto di lavoro, il primo novembre 1976 si era lì trasferito.

Walter si accorse presto, che nella nuova abitazione qualcosa non accordava, le sue depressioni peggioravano e con loro anche i tentativi di suicidio.
Ricevette nuovi tipi di visioni, le quali lo confondevano fortemente per esempio:

► *Un mattino si svegliò e si accorse, che qualcosa non accordava, i muri ed il pavimento dell'abitazione erano pendenti, egli guardò fuori della finestra e vide che il grattacielo stava obliquamente, ed una gran gru tentava di sorreggerlo per metterlo di nuovo dritto.* ◄

► *Un giorno svegliandosi si accorse, che i muri erano neri di fuliggine, l'ambiente puzzava come se ci fosse stato un incendio, e le finestre erano inchiodate con assi di legno.* ◄

Walter non riusciva riconoscere, se queste visioni erano già passate o dovevano ancora avvenire, perciò chiese a Lieselotte consiglio, una vicina anziana che abitava nel grattacielo già da breve tempo dopo la costruzione.
Lieselotte confermò, che la casa stava precipitando per causa di un errore che aveva fatto l'ingegnere, fu sgombrata e con una gru di nuovo innalzata.
Lieselotte confermò anche, che ci fu misteriosamente un incendio nel tempo che abitava un'inquilina precedente di Walter, una presunta ruffiana che offriva agli uomini le ragazze per servizi d'amore.

L'abitazione di Walter si trovava nel sesto piano ed il numero dell'appartamento era sessantasei (sono tre sei, quindi 666), era questo il motivo per la forte atmosfera mistica in quest'abitazione?

Walter notò ogni volta, che sorprendentemente andava a visitare Domenico, il quale da alcuni tempi abitava con una nuova amica

Marianne Margarete Hohenstein nata Noth in Berlino-Moabit, che con i cibi già preparati qualcosa non era come doveva essere.
Il cibo sarebbe bastato certamente anche per una terza persona, ma Marianne insisteva ogni volta di cucinare extra per Walter, solo se lui era annunciato a mangiare, allora tutti mangiavano lo stesso.
Il sospetto di Walter, che Marianne stava avvelenando lentamente Domenico, si rafforzava sempre di più ma non era in grado di provarlo.

All'inizio d'agosto 1977 Domenico, che era già da più di un anno molto ammalato ed i medici non erano in grado di trovare il motivo, chiese a Walter un incontro in un luogo neutrale, poiché il colloquio doveva avvenire solo sotto quattro occhi.
S'incontrarono nel parco Humboldthain in Berlino-Wedding nella vicinanza dell'AEG.
Domenico raccontò che da alcuni tempi aveva il sospetto, che Marianne lo stava avvelenarlo lentamente.
Egli raccontò anche, che in breve andava a trascorrere le vacanze in Taormina (Messina), e appena ritornato a Berlino gli doveva assolutamente parlare, poiché si era ricordato di nuovo quello che era venuto a sapere riguardo alla nascita ed i primi otto anni di Walter.
Domenico confermò, che questa conversazione è molto importante per Walter, egli apprenderà chi è realmente e per lui inizierà una nuova era, Domenico promise Walter anche che lo avrebbe moralmente sostenuto nel suo nuovo sentiero esistenziale.

Nella notte dal martedì al mercoledì del diciassette agosto, ricevete Walter nuovamente un nuovo tipo di visione.

Walter vide nella visione Domenico, il quale tentava di assassinarlo con del veleno, e vide come Walter morì atrocemente.

Walter si svegliò tutto bagnato di sudore e totalmente scompigliato, ma si sentiva misteriosamente libero, e sapeva che da quel momento il suo destino aveva preso un'altra direzione.
La sera stessa, si truccò e indossò un lungo vestito da sera che mostrava tutta la sua gamba destra.
Ordinò un taxi per andare a festeggiare, il tassista non era in grado di guidare diritto, una così bella signorina con cosi belle e lunghe gambe non l'aveva ancora vista, per un pelo era riuscito ad evitare un incidente frontale con un camion.

Walter era noto da alcuni anni nella "scena" come conoscente e guardarobiere di Wolfgang Klein, uno di più di settanta anni ex ballerino che faceva il travestito artista "Dolly", nonostante questa sera era stata la

prima volta, che Walter entrò in scena come femmina in pubblico nel palcoscenico della vita.
Quasi tutti gli uomini persero la testa a causa di questa vamp.

Alcuni giorni dopo Walter ricevette telefonicamente la comunicazione tramite Angelo, che il diciassette agosto Domenico era morto a causa di un avvelenamento con un gelato di vaniglia con data scaduta.

Era Domenico avvelenamento un casuale incidente tragico o un assassinio a sangue freddo, in fin dei conti Domenico sapeva benissimo che era ammalato e che non doveva mangiare niente di simile?

La doppia vita di Walter non era più un segreto, egli andava a lavorare come Walter, ma subito dopo lavoro lei era Dea Afrodite.

Una sera invitò un amico Wolfgang Brands, Dea lo aveva ricevuto come una vamp.
Wolfgang completamente senza parole, era convinto di essere stato ricevuto da Liza Minnelli.

Dea trascorse la sera di San Silvestro 1977 e la notte di Capodanno 1978, come ospite pagante in un locale, dove gli artisti di travestimento entravano in scena, si trovava nella vicinanza della Strada Kurfürstendamm in Berlino-Wilmersdorf.
Dea indosso sola una camicetta da filo argenteo come minivestito, scarpe di signora argentate con tacchi alti, una giacca nera d'imitazione di pelliccia ed una borsetta argentea.
La neve era alta circa venticinque centimetri, e circa dieci gradi sotto zero era la temperatura, tuttavia andò col bus e metropolitana.
Dea aveva vinto quella sera il primo premio, una coppa placcata argento, al concorso lei aveva imitato la danza di John Travolta.
Non solo gli uomini, bensì anche le donne avevano continuamente applaudito Dea Afrodite.

All'inizio dell'anno 1978, dopo alcune corrispondenze scritte e telefoniche tra Walter ed il fratello Angelo, loro decidono di incontrarsi a Milano verso la fine di febbraio.
Essi volevano andare ad abitare insieme, non appena Walter servizio civile all'estero che sarebbe stato finito in circa quattro anni.
Naturalmente il fratello Mimmo che aveva già più di diciotto anni, gli era libero di decidere, se voleva abitare insieme o no.
La sorella Elena aveva già un sostentatore, ma aveva sempre trovato un rifugio per se ed i suoi bambini dai fratelli.

Lei era sposata con il più anziano da dieci anni Giovanni Dossola, loro avevano Roberto un figlio di circa sei mesi e stavano aspettando il futuro figlio Andrea.

La valigia per il viaggio a Milano era già fatta con anche un abito da sera ed altri accessori.
Walter voleva sorprendere Angelo alla sua festa del compleanno presentandosi come donna.
La vacanza era già stata richiesta ed autorizzata, quando nella ditta si erano ammalati parecchi lavoratori contemporaneamente.
Il datore di lavoro, lo mise alla scelta rinviare le ferie a dieci giorni o licenziamento, Walter non gli rimase altro di rinviare il viaggio.

La notte dal giovedì al venerdì del terzo di marzo, fu Walter sopraffatto da una terribile visione.

Nella visione vide, Angelo guidare una Fiat Mini nelle strade milanesi ed il passeggero era Walter.
Angelo voleva impedire che Walter ritornasse indietro a Berlino, per questo provocò un incidente.
In quest'incidente, Walter si doveva così ferire che fu costretto essere seduto in una sedia a rotelle per tutta la vita, e così essere dipendente all'aiuto d'Angelo, però Walter morì in quest'incidente.

Nella serata di sabato ricevete Walter da Elena un telegramma con una spiacevole notizia, che il tre di marzo dell'anno 1978 è morto Angelo tramite un mortale incidente motociclistico, esattamente tredici giorni prima del suo ventitreesimo compleanno.

Walter sarebbe voluto preferibilmente partire subito, ma aveva bisogno di un permesso di soggiorno per vacanze in Italia, a causa della faccenda del servizio militare ed il consolato italiano era chiuso fino il lunedì.
Viaggiare senza l'autorizzazione, era per Walter troppo rischioso, egli avrebbe dovuto fare il servizio militare, nel caso sarebbe stato acciuffato senza, ciò avrebbe distrutto tutti i suoi progetti del futuro.
Lunedì, aveva potuto sbrigare tutto per il viaggio ed aveva informato anche la ditta che doveva andare in Italia a causa di un decesso.

Arrivato a Milano, non sapeva dove sarebbe potuto andare poiché nessuno della parentela era rintracciabile per telefono.
Walter non gli rimase altro di andare nel convitto in Via Torrazza 80, nel Quartiere Gallaratese, dove da alcuni anni Mimmo aveva la residenza.

Walter non poteva credere quello che stava vedendo, che il convitto ingannava lo stato gli era già noto da anni.
Allora quando vece la richiesta per il passaporto venne a sapere che il convitto incassava ancora il denaro per vitto e alloggio, sebbene Walter abitava già da anni a Berlino.
Walter vide uno dei fondatori del convitto, quell'uomo un po' corpulente che come handicap zoppicava, che non solo accettava la prostituzione giovanile e le distribuzioni delle droghe, ma perfino le sosteneva.
Walter venne da quest'uomo informato, che Mimmo e la parentela erano appena al funerale d'Angelo e che verranno a prenderlo il giorno dopo, così Walter pernottò nel letto di Mimmo.

Il giorno dopo, venne zio Vittorio, Mimmo e purtroppo anche Agnese.
Walter non sapeva dove avrebbe potuto alloggiare, dato che abitare da Angelo non era più possibile.
Ipocritamente, Agnese si dichiarò disposta ad ospitare Walter nel tempo che egli era a Milano, nel frattempo aveva lei una vecchia abitazione di due stanze nel numero otto della Via Panigarola.
Walter aveva molti grossi dubbi ad abitare d'Agnese, egli sapeva esattamente come sarebbe andata a finire, ma dato le circostanze non gli rimase altro che accettare, Mimmo promise di esserci pure e di dormire nel centro del letto matrimoniale tra Walter ed Agnese.

Già dopo tre giorni provocò Agnese un litigio con Walter alla presenza di Mimmo.
Lei lo rimproverò, che per causa della sua nascita le rovinò tutta la propria vita.
Con umorismo nero, Walter si scusò assolutamente di essere nato e fece chiaro ad Agnese, che circa nove mesi prima della propria nascita non se stesso si era divertito sessualmente con Domenico, ma lei.
Nei giorni seguenti l'atmosfera peggiorò acutamente, che così Walter decise di partire al più presto possibile.

Ad una conversazione con Mimmo, che aveva compreso tutto il litigio, Walter annunciò che voleva ancora una volta andare a visitare Angelo poi tornerà indietro a Berlino, poiché non poteva più sopportare la cattiveria d'Agnese.
Mimmo raccontò a Walter cosa era avvenuto lo stesso giorno che Angelo morì, in quel momento non era in grado di comprendere nessuna rima, ma ora dava un significato.

Mimmo riferisce:
► Il mattino dello stesso giorno che Angelo morì, venne a visitarci.

Egli era molto allegramente sereno e raccontò che Walter in breve sarebbe venuto a Milano, e loro volevano fare la preparazione per un'abitazione insieme, cosicché Walter potesse definitivamente e presto ritornare indietro in Italia.

Agnese le venne il panico, quando sentì questo ed un forte litigio esplose tra lei ed Angelo.

Angelo fece chiaro ad Agnese, che era cosa già decretata, se lei voleva o no.

Ancora prima che Angelo andasse via, Agnese aveva insistito che egli beva assolutamente una limonata, brevemente dopo Angelo era indisposto.

Ore dopo venne la comunicazione, che Angelo morì per causa di un grave incidente motociclistico.

Mimmo non aveva neppure capito perché Agnese aveva insistito, che suo figlio naturale Angelo gli fu fatto l'autopsia, e sebbene lei sapesse che Angelo voleva una cremazione, si era rifiutata di soddisfare l'ultimo desiderio del defunto. ◀

All'ultima visita nel cimitero del quartiere di Baggio, Walter credesse di sentire la voce d'Angelo dalla sua tomba, che gli diceva di avviare tutto per la realizzazione d'essere donna, poiché non si poteva più permettersi di aspettare.

Prima di ritornare a Berlino, Walter parlò ancora con Elena, tra altro lei assicurava che non voleva avere l'eredità di Domenico e gli chiese, se voleva avere la propria parte.

Walter che presentiva controversia nel futuro, rifiutò ringraziando e propose eventualmente di cederla a Mimmo.

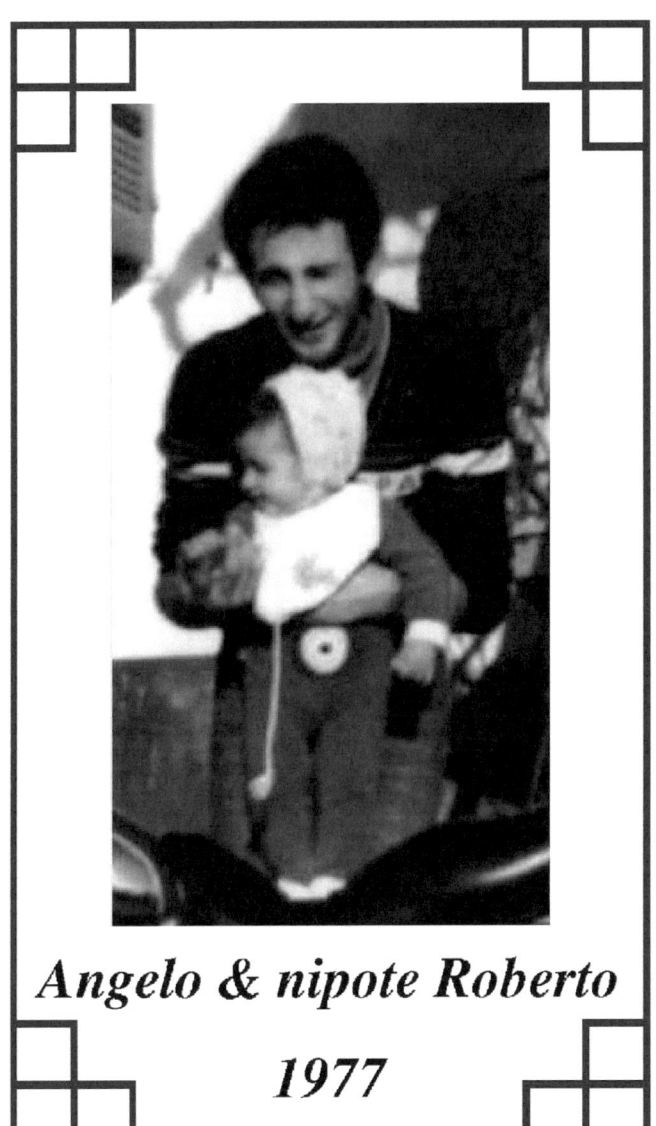

Angelo & nipote Roberto

1977

L'eredità di Domenico (1978-1979)

Ritornato a Berlino, Walter sperava d'avere presto la sua parte dell'eredità che Domenico lasciò, con questa voleva avviare la realizzazione per donna.
In realtà voleva Walter farsi operare in Italia, là come nativo italiano avrebbe avuto meno problemi, però dopo la morte d'Angelo, Agnese gli aveva bloccato tutte le vie.

Domenico aveva lasciato un libretto di risparmio con un importo d'undicimila marchi tedeschi presso l'ufficio postale d'Amburgo, e brevemente prima la sua morte aveva comprato alcuni terreni in Sicilia, inoltre cera anche altri appezzamenti che gli zii d'America avevano regalato.
Domenico aveva disposto nel suo testamento che i suoi discendenti Walter, Elena, Angelo e Mimmo ricevessero tutta l'eredità, e la Signora Marianne Margarete Hohenstein nata Noth avesse l'usufrutto a vita.

Secondo la legge italiana spetta ai figli del testatore Walter, Elena, Angelo e Mimmo ciascuno di loro un quarto dell'intera eredità.
Alla Signora Hohenstein sta un usufrutto a vita di tre quarti del lascito intero, nel caso della morte della moglie del testatore l'intero lascito.
Lei è esonerata dal dovere d'inventario e di cauzione.
La moglie del testatore, Agnese Turiano nata Fioraso, spetta l'usufrutto a vita di un quarto del lascito intero.

Agnese sebbene sapesse che Domenico aveva lasciato un testamento, fece all'otto d'ottobre dell'anno 1977 alla Pretura Unificata di Milano seguente *falsa* dichiarazione:
▶ In data del 17 agosto 1977, è deceduto mio marito Turiano Domenico nato a S. Teresa Riva il *17*-02-1927 residente in S. Teresa Riva provincia Messina domiciliato in Germania (Berlino) *senza lasciare testamento pertanto lascia unici eredi la moglie qui sottoscritta* e i figli:
Turiano Walter nato a Milano il *19*-05-1952 *residente ad Arese provincia di Milano*.
Turiano Elena nata a Meledo di Sarego il *26*-09-1953 residente a Castellaro Guidobono provincia Alessandria.
Turiano Angelo nato a Milano il 16-03-1955 residente a Milano in Via Rizzardi 31.
Turiano Mimmo nato a Milano il 16-08-1959 residente a Milano in Via Torrazza 80.

Non ci sono altri eredi vantanti successori.
Il signor Turiano Domenico è deceduto a Taormina.
(firma di: Fioraso Agnese)
(firma del cancelliere: S. Barone) ◄

Un giorno aveva ricevuto Walter una lettera da un presunto *"avvocato"*
il signor Moschella dalla vicinanza di Messina in Sicilia.
Era il figlio del senior avvocato Moschella, che negli anni sessanta aveva
la sua cancelleria d'avvocato in Corso Buenos Aires a Milano.
Il senior avvocato Moschella era, il tale che alla fine degli anni sessanta
tentò d'interrogare Walter riguardo al segreto del "tesoro di Mussolini",
ed era anche implicato in molte illegali faccende.
Il presunto avvocato, lo junior Moschella, era stato incaricato dall'Agnese
per convincere Walter oppure perfino costringerlo a rinunciare alla sua
parte dell'eredità al favore d'Agnese.
Walter, sebbene già con una gamba nella tomba, aveva appena di
nuovo sopravvissuto un tentativo di suicidio, non era disposto a
rinunciare la sua parte d'eredità e assolutamente niente affatto sulla
benevolenza d'Agnese.
Walter vece una delega speciale, la quale autorizzava lo junior
Moschella di mettere all'asta tutte le sue parti dei terreni, l'offerente
sommo avrebbe ricevuto il supplemento.

La problematica via di transito o via di ritorno verso femmina (1979-1987)

Dopo l'ultimo sopravvissuto tentativo di suicidio nell'anno 1978, Walter comprese che così non si potesse continuare più, quindi andò completamente scoraggiato dal suo medico dottor Hans-Jürgen Kohs per cercare aiuto e consiglio.
Dottor Kohs riconosce il problema, per questo motivo lo mandò dal ginecologo professor Nevinny-Stickl nella clinica ginecologica universitaria in Berlino-Charlottenburg per l'esame degli ormoni e successiva assistenza medica.

Il laboratorio della clinica costatò che l'esame del sangue era quasi al cento per cento d'ormoni maschili, al contrario non era possibile la determinazione degli estrogeni femminili.
Il professor Nevinny-Stickl era dell'opinione, che una persona con tali esami d'ormoni, era impossibile che avesse sentimenti femminili, quindi per principio rifiutò un'assistenza con ormoni femminili.

Quest'esame d'ormone è in realtà la prova, che nel passato fu fatta a Walter una manipolazione con ormoni maschili.
Nel 1959 quando aveva sette anni, Agnese aveva indotto che un mese intero giornalmente veniva vero e proprio violentato con iniezioni d'ormoni maschili.

Dopo il rifiuto del professor Nevinny-Stickl, Walter deperì di nuovo in acuta depressione.
La vicina Lieselotte lo convince, dopo un nuovo tentativo di suicidio, di andare nella clinica neurologica in Berlino-Spandau, la prima volta nell'anno 1979.
Nella clinica neurologica, una giovane psicologa riconobbe subito il problema, lei spiegò a Walter che non è pazzo, bensì è solo prigioniero dentro un corpo con sesso sbagliato.
La giovane psicologa promise Walter di chiarire con il professor Nevinny-Stickl riguardo al problema.

Dopo il chiarimento, il professor Nevinny-Stickl si dichiarò disposto di fare la terapia d'ormone, ma solo dopo le vacanze in circa sei fino otto settimane, frattanto Walter doveva incominciare la psicoterapia dal signore dottor Haupt nella clinica ginecologica universitaria in Berlino-Charlottenburg.

Circa dopo due mesi, prima d'iniziare la terapia, professor Nevinny-Stickl face un nuovo esame d'ormone.

Professor Nevinny-Stickl era sorpreso, che i valori d'ormone si erano cambiati, i maschili erano calati ed i femminili saliti, anche Walter aspetto era evidentemente più femminile.

Professor Nevinny-Stickl domandò a Walter, se si era procurato preparato d'ormone altrove, ma Walter assicurò che non era il caso.

Maggio 1979 potò Walter iniziare la psicoterapia dal dottor Haupt.

All'inizio era dottor Haupt scettico, però nel percorso della psicoterapia si convinse sempre di più sulla femminilità di Walter, la quale da alcun tempo aveva potuto imporre che la chiamassero Rosa.

Dottor Haupt era anche convinto che gli incubi, che perseguitano e tormentano Rosa già dalla nascita, sono sequenze e ricordi d'esperienze spaventose che lei alla nascita ed i primi sette anni della propria vita aveva passato.

Dottor Haupt era anche dell'opinione, che il rapporto sessuale tra Rosa e lo zio Vittorio in agosto dell'anno 1959 non fu provocato da Rosa, bensì dal sessuale abusivo dei bambini zio Vittorio, in fin dei conti Vittorio aveva ventitré e Rosa sette anni.

Rosa si era segretamente innamorata nel Dottor Haupt, ma purtroppo non c'èra stato nessun avvicinamento.

Nell'anno 1980, entro le perizie neurologici viene adesso continuamente parlato di transessuale, cosa almeno la posizione d'ermafrodita in altre parole, il rispetto del posto di mezzo tra entrambi, i sessi.

Avvennero le prime domande alla mutua per sussidiare le operazioni di trasformazionali genitali.

Il servizio dei medici fiscali di Berlino Ovest incaricati dalla mutua si era messo già dal principio contro Rosa, sebbene tutte le perizie mediche e neurologiche fossero sul favore di Rosa.

Un medico fiscale aveva addirittura a sangue freddo affermato a Rosa, che per lei le operazioni di trasformazionali genitali non è vantaggioso, poiché lei in ogni caso aveva solo un paio ai massimi dieci anni di vita.

Perché aveva il servizio dei medici fiscali di Berlino Ovest vero e proprio sabotato Rosa?
Lo stesso anno, che Rosa fece le domande, avevano altri nove cittadini tedeschi in Berlino Ovest, richiesto le operazioni

trasformazionali genitali, tra loro cera anche uno che più tardi
diventò famoso come Romy Haag (*).
Rosa era l'unica straniera e fu rifiutata solo lei.
Era il motivo perché era italiana, o perché lei era un esperimento
ospedaliero degli anni cinquanta?

(*) Romy Haag (* 1. Gennaio 1951 in Scheveningen, Olanda – Romy
Haag, alla nascita si chiamava **Edouard Frans Verbaarsschott**).
Lei è una tedesca ballerina, cantante, ex proprietaria di un nightclub ed
una delle più famose transessuali della Germania.

Dopo che la mutua si rifiutò di sussidiare i costi per una nuova
formazione chirurgica del naso nell'anno 1979, che era troppo grosso e
aveva la forma di un gancio (un tipico naso da strega), e nell'anno 1980 il
sussidiare i costi per un'operazione di formazione dei seni.
Rosa dovette guadagnarsi il denaro sotto condizioni onerose e perfino
solo dopo questi rifiuti di sussidio affidare in incarico le operazioni.
Le operazioni sono avvenute dalla signora Dottoressa Flemming, non
come d'accordo nella clinica in Berlino-Steglitz bensì nella sua
ambulatoria privata.
Più tardi fu verificato, che la signora Dottoressa Flemming una
ciarlatana è ed entrambe le operazioni da lei rovinate, fu necessario
molti chirurgici interventi per riparare il danno.

Luglio 1979 dovette Rosa presso la ditta tessile Lorenit di lana
manifattura in Berlino-Spandau dare le dimissioni, poiché lei non poteva
fare nessun lavoro pesante, e la ditta si rifiutò di dargli un lavoro leggero.
Dopo una visita medica in incarico dell'ufficio di collocamento per via di
una riqualificazione professionale fu verificata, che aveva un'usura forte
della colonna vertebrale con errore di portamento, quindi fu
raccomandata un'attività solo con alternativi camminare, sedersi e stare
in piedi per esempio segretaria del dirigente, la riqualificazione
professionale sarebbe dovuto iniziare dopo aver acquisito il titolo della
scuola media con superiore formativa.
Circa dopo cinque mesi di disoccupazione Rosa iniziò contro il consiglio
dell'ufficio di collocamento, come aiutante di cucina nel ristorante
Waldbaude nella Via Bernauerstraße 139 in Berlino-Tegel.
K. Ebbecke, i proprietari del ristorante avevano la cattiva abitudine di
riutilizzare tutti i resti di cibo che ritornarono per gli altri ospiti.
Rosa fu licenziata verso fine di giugno 1980 perché si era malata, dopo
un procedimento giudiziario le fu riconosciuto un risarcimento.

Un giorno, Rosa riceve una telefonata d'Agnese, lei tentò nuovamente di
persuadere Rosa a rinunciare l'eredità di Domenico.

Rosa le fece chiaro che per nessun caso avrebbe rinunciato.
Nello stesso tempo le comunicò che presto si lasciava operare, sebbene
Rosa non abbia detto di quale operazione si tratti, Agnese gridò
terribilmente: *"No! Che cosa penseranno la gente?"* Rosa senza
accomiatarsi termina la chiamata telefonica.

Alcun tempo dopo, Rosa ricevette una lettera dal presunto avvocato, lo
junior Moschella, con l'offerta:
▶ Rosa avrebbe ricevuto tutto l'importo del libretto di risparmio con gli
undicimila marchi tedeschi che Domenico aveva lasciato presso l'ufficio
postale d'Amburgo, in contraccambio Rosa avrebbe dovuto rinunciare le
sue parti dei terreni. ◀
Rosa sapeva, che con quest'offerta aveva una molto gran perdita, ma
non aveva altra scelta *(è meglio un passero nella mano, che un
piccione sul tetto)*, per questo si dichiarò d'accordo, ma lei non vide il
denaro e per molti anni non aveva neanche più sentito dall'avvocato.

Rosa ricevette dal professor Nevinny-Stickl indirizzi di due cliniche, dove
li potevano fare l'operazione di trasformazione degli organi genitali, dato
che nella clinica ginecologica universitaria in Berlino-Charlottenburg non
era possibile.
Rosa mandò le domande ad entrambi cliniche per raccomandata, una
clinica a Chiglia e l'altra a Monaco di Baviera.

Un giorno nei tempi, quando Rosa si truccava ancora troppo esagerata
come un uccello paradisiaco, quando lei stava uscendo dalla casa dove
abitava, lei aveva sentito una donna intorno ai cinquanta anni sussurrare
al suo marito, che probabilmente lei è una puttana.
Rosa assolutamente indifferente e col naso alzato, si voltò e disse alla
signora: *"Beh e cosa? Poiché Voi non siete in grado di soddisfare
sessualmente Vostro marito, Lui deve andare a prendere la
soddisfazione sessuale da me!"*.
La donna si girò furentemente al suo marito e lo schiaffeggiò, sebbene
Rosa non conoscesse nessuno di loro.

Poiché la mutua si era anche rifiutata di prendersi i costi per le
operazioni di trasformazione degli organi genitali, Rosa non le rimase
altro di prendersi il diritto dell'assicurazione per le spese giuridiche dal
sindacato tedesco in Berlino Ovest.
Purtroppo Rosa si accorse troppo tardi, che il sindacato non solo
rappresentava i lavoratori, ma anche i datori di lavoro e la mutua.
Col primo procedimento giudiziario iniziò anche vero e proprio una
guerra per i diritti di Rosa contro la mutua, che su raccomandazione del
servizio dei medici fiscali si rifiutava di riconoscere i diritti di Rosa.

Rosa aveva ricevuto risposta solo dalla clinica Grosshadern dell'università di Monaco di Baviera, Professor Dottor W. Eicher invitò Rosa ad un primo colloquio e visita medica, a causa delle operazioni di trasformazioni genitali.

Nel primo colloquio e visita medica, Professor Dottor W. Eicher non aveva nessun dubbio sulla necessità urgente dell'operazione, quindi invitò Rosa di rimettersi in contatto con lui a scopo appuntamento per l'operazione, non appena aveva ricevuto della mutua la dichiarazione d'assunzione per le spese.

Misteriosamente e fulmineamente accettò la mutua le spese per l'operazione senza aspettare una sentenza giudiziaria, l'avvocato aveva presunto per impedire un caso precedente, ma Rosa apprese mesi dopo il vero motivo.

Alla fine di dicembre 1980 arrivò finalmente il giorno, Professor Dottor W. Eicher operò Rosa e due settimane dopo fu stato necessario una correzione, poiché non era possibile farla subito nella prima operazione.

La mutua prima non voleva pagare le spese per la correzione, perché aveva l'opinione, che l'avrebbero potuta farla subito con la prima operazione.

Il tribunale richiese da professor Dottor W. Eicher la documentazione medica di Rosa, così apprese Rosa perché la mutua accettò fulmineamente le spese per operazioni di trasformazioni genitali.

Conformemente la documentazione medica, al primo colloquio e visita medica, professor Dottor W. Eicher aveva costatato a Rosa irregolarità ed il genitale maschile aveva il cancro, e probabilmente lei non sarebbe vissuta in lungo, se lei non fu operata presto.

Rosa
alias Dea AFRODITE

maggio 1980

Evelyn
alias
Dea AFRODITE

11. giugno 1981

Evelyn
alias
Dea AFRODITE

marzo 1982

All'inizio del 1981 in Germania, la legge per registrare l'ufficialmente il cambiamento del nome e sesso di battesimo era già stata approvata, poiché però in Italia questa legge non è ancora stata decisa e non si poteva ancora prevedere quando sarebbe stata approvata, Rosa dovete farne domanda in Germania.

Purtroppo Rosa non aveva nessun'altra scelta di richiedere prima la naturalizzazione tedesca, e così la perdita della cittadinanza italiana.

Per non perdere tempo e su raccomandazione di un senatore di Berlino, la naturalizzazione e registrazione di cambiamento del nome e sesso di battesimo sono state sbrigate contemporaneamente.

Rosa decise però di fare domanda del nome Evelyn, per evitare una confusione di scambio con la quasi coetanea cugina Rosa dall'America, la quale a pure lo stesso cognome.

Ventuno aprile 1981, fu consegnato a Rosa il documento di naturalizzazione tedesca (numero d'atto: I E 53 - 113 789) dal senatore per interno in Berlino Ovest.

Con decisione della pretura di Berlino-Schöneberg (numero d'atto: 70 III 160/81) del quattro giugno 1981 si decreta, che il richiedente è da ritenere appartenente del sesso femminile e porta in futuro il nome Evelyn.

Breve tempo dopo, Evelyn fece domanda al primo ufficio di stato civile in Berlino Ovest per la registrazione nel registro delle nascite di Berlino, questo era possibile in base ad una legge per casi particolari.

Dopo che l'impiegata dell'anagrafe aveva richiesto copia della registrazione nel registro delle nascite di Milano, fu registrata il venticinque gennaio 1982 nel registro delle nascite di Berlino (numero: 189/1982).

Evelyn ricevete una copia della registrazione di nascita dell'anagrafe milanese, così aveva ricevuto la prova, che alla nascita le fu dato il cognome Froletti e subito abbandonata in orfanotrofio, sebbene Agnese aveva sempre negato e la accusava di essere pazza.

I danni, che Agnese causò ad Evelyn nella sua nascita ed i primi otto anni della sua vita, sono quasi non più riparabili.

Gli ormoni maschili, che Agnese ad Evelyn le aveva fatti indurre quando aveva sette anni aveva avuto la conseguenza, che lei già con otto anni le viene una forte voce maschile, una forte villosità del corpo, problemi di colonna vertebrale ed altri acciacchi fisici.

La terapia d'ormone femminile, che Evelyn dal 1979 riceve, non aveva potuto risolvere il problema di villosità.

Dopo lunga disoccupazione, Evelyn fu iscritta malata due anni a causa dei suoi acciacchi fisici e psichici.

1983 fu fatto domanda di cura, le fu rifiutata a causa di deturpazione di volto per crescita della barba, per ciò le fu assegnato, contro la volontà d'Evelyn, una pensione d'invalidità, prima per due anni poi di durata costante.
Evelyn era costretta a mascherarsi il viso, quando lasciava l'abitazione.

Fu iniziato un trattamento depilatorio elettrico per il volto, però fu presto costretta ad interromperlo, perché la mutua voleva pagare solo una frazione ed Evelyn non aveva soldi per pagare lei stessa.
Furono fatte anche molte altre trattamenti di terapia per eliminazione di villosità nel volto, però senza successo.
Vero nell'anno 1981 il chirurgo cosmetico dottor Detlef Witzel, aveva come primo operato con successo una piccola prova nel volto d'Evelyn, ma dopo non si era osato di operare, nonostante lo aveva promesso.

Evelyn è tutta distrutta non solo di fisico, ma in particolare di psichico, e gli incubi sono fortemente ritornati, il peggiore è la continua guerra con la mutua.
In settembre 1981, fu lei ricoverata per la seconda volta a causa tentativo di suicidio nella clinica neurologica in Berlino-Spandau, per circa sei settimane.
Quattro settimane più tardi, Evelyn fu riaccolta nuovamente per circa quattro settimane per tentativo di suicidio, lei aveva bevuto un bicchiere con un solvente di venti per cento "H2 O2" (solvente d'idrogeno).
Quattro giorni dopo, fu consegnata nuovamente a causa di un tentativo di suicidio per circa due settimane, dopo che aveva tentato di tagliarsi le vene ad entrambi i polsi.

Nell'autunno 1981, Evelyn fece la conoscenza con Peter Frenz, lui aveva alcuni anni di più e molto più basso di lei.
Peter era molto troppo gentile e servizievole, sebbene Evelyn non avesse nessuna buona sensazione, entrambi si fidanzarono alla vigilia di Natale, quando lei era nella clinica neurologica in Berlino-Spandau.
Peter aveva persuaso Evelyn, che gli regalasse una grande e preziosa collezione di monete commemorative, come regalo di fidanzamento.
Purtroppo Evelyn gli si decadete, lei si accorse troppo tardi, che lei fu bidonata da un imbroglione di matrimonio.
Dopo circa sette anni, lei si era potuto definitivamente sorteggiare da lui.
Evelyn denunciò Peter per capogiri di matrimonio e la restituzione della collezione di monete commemorative.
Secondo l'indicazione di Peter non possedeva più la collezione di monete e non era neppure nella situazione di poter risarcirle, quindi il giudice lo condannò a pagare all'Evelyn venti marchi tedeschi il mese per dieci anni.

Evelyn era dell'opinione, che non era punito abbastanza, per questo lo aveva maledetto col cancro.
Un paio d'anni più tardi, Peter morì atrocemente dopo lungo tempo di sofferenza al cancro di laringe.

Una sera nell'anno 1982 (oppure 1983?), quando Evelyn di nuovo non trovò nessuna soluzione d'uscita per la sua situazione, lei prese una confezione intera di sonniferi forti con la speranza di non svegliarsi mai più.
Le pillole invece di farla cadere in un sonno profondo, avevano solo ottenuto completamente il contrario.
Verso mezzanotte, ordinò Evelyn un taxi, e solo vestita con scarpe, un'imitazione di pelliccia-giacca, borsa con un martello e nient'altro, fu guidata alla cassa di risparmio di Berlino in centro storico Spandau.
Là aprì lei, completamente nuda, la prima porta della banca con la carta d'assegni e col martello aveva rotto la lastra della seconda porta, poi si fece comoda alla scrivania del direttore della banca e aspettò la polizia.
Dopo un momento, il comando di polizia venne e portarono Evelyn in questura, quando il commissario diventò consapevole, che lei non voleva rapinare la banca, ma bensì voleva solo fare un grido d'aiuto per richiamare l'attenzione sulla sua situazione, fu lei rilasciata e la faccenda taciuta.
Il giornale di Berlino (Berliner Zeitung) pubblicò seguente titolo principale: **"Donna nuda con barba scassinò con un grosso martello la cassa di risparmio di Berlino in centro storico Spandau"**.

Nell'anno 1985, assistenza nella clinica in Berlino-Westend e realizzazione di una seconda operazione del viso.
Qui, furono tolti chirurgicamente i peli della barba ed il pomo d'Adamo nella parte della laringe, purtroppo dopo alcuni mesi ritornò la barba completamente e intensa come prima.
Alcuni anni dopo, Evelyn non aveva nessuno altra scelta, nella clinica in Berlino-Moabit come cavia per esperimenti, a farsi sottoporsi più volte a radioattive raggi x nella parte della barba.
Questa assistenza con raggi x aveva lasciato sparire la barba solo per circa mezzo anno, dopo ritornò intensamente forte come prima, e a causa del rischio altissimo nessun medico o chirurgo non voleva più trattarla od operarla nella parte del viso.

Dalla prima operazione dei seni nell'anno 1980, che della signora dottoressa Flemming furono operati rovinati, vennero necessari molti trattamenti medici e complessivamente cinque o sei operazioni dei seni e d'anni procedimento giudiziario contro la mutua a causa del pagamento

di spese dei trattamenti medici, per riparare il danno che la dottoressa causò.
Solo l'ultima operazione nell'anno 1997, fu stata di successo, da allora non ebbe più disturbi nei seni.

Professore dottore medico D. Kadach aveva scritto, il primo agosto 1987 nell'una perizia giudiziaria (numero d'atto: S 72 Kr 404/86), tra altro seguente resoconto: ► **Comportamento della mutua durante le domande su operazioni di cambiamento degli organi sessuali dal 1978:**

1. Dal 5/1979, i medicamenti d'ormone sono stati pagati dalla mutua, che erano necessari, per eseguire ulteriori determinazioni femminili, dopo che due reparti neurologici hanno ritenuto assicurato, che si è trattato a questo tipo di transessuale di una determinazione femminile. ... Ciò è stato constatato, che ad affermazione costante di due anni da sotto la psicoterapia di lato medico si doveva poi essere acconsentito tutte le operazioni, quelli anche pure contribuiscono nel territoriale dell'aspetto esterno della determinazione femminile.

2. La domanda per la prima operazione dei seni avvenne alla fine del 1979 - inizio del 1980. Era stata dalla mutua rifiutata. La paziente crede di avere notato dalla mutua, un secondo argomento dell'ostilità agli stranieri. La paziente descrive il suo sentimento dopo il rifiuto con seguenti parole: "Io volevo evitare successive storie con processi, per questo ho dimostrato indicare la mia buona volontà, e cosi una parte di queste operazioni pagarla io stessa". L'operazione nel 1980 avvenne perciò dalla signora dottoressa Flemming, a propria partecipazione di spese.

3. La tradizionale terapia con raggi x nell'ospedale di Spandau nella Via Lynarstrasse, a causa di più forte formazione di cicatrici nell'ambito dei seni, avvenne a spese dalla mutua.

4. 1981 fu pagato dalla mutua l'assistenza stazionaria, nell'ospedale Waldkrankenhaus per eliminare le forme di capsule e operativa correzione di grosse cicatrici nei seni. Qui, esiste tuttavia il sospetto che la diagnosi di ricovero fu inesatta, e che la mutua non fu a tempo informata dell'avvenimento reale.

5. In motivo della prima operazione di trasformazione genitale nell'ambito dell'addome, nella clinica Großhadern a Monaco di Baviera, fu fatta pure domanda di pagamento delle spese operative alla mutua. Il rilevamento di spese è stato innanzitutto rifiutato, poi però nel processo di contraddizione autorizzate.

6. L'assistenza operativa per eliminare la crescita della barba di mento e labbro superiore come pure eliminazione di un gran pomo d'Adamo, fu pure fatto domanda alla mutua e della mutua

autorizzata. In seguito ai principi della mutua, queste autorizzarle solo sotto punto di vista sostenibilità economica, di volta in volta sono state scelte spese d'assistenze critiche. Fino a 1985 sono solo sotto di questi punti di vista, le operazioni per eliminazione della barba autorizzate e pagate.

Valutazione conclusiva:
Si tratta di una paziente d'ora trentacinque anni più seriamente transessuale con determinazione femminile.
Questo significa, che la predisposizione genetica non coniava pienamente né di ragazzo né di ragazza, ...
Questa determinazione portò a gravissime complicazioni del sistema neurologico fino agli anni 1982/1983. Lei migliorò perché dal 1978 iniziò un'assistenza dei problemi transessuale-psicosomatici e alla paziente dava il sentimento, che poteva continuare a vivere nel ruolo di donna.
Da parte neurologica medica è stato confermato il sesso di questa persona di donna.
... Ciò è una malattia in altre parole uno stato di simile malattia nel senso dell'ordinamento d'assicurazione statale.
... Sotto questi punti di vista è incomprensibile, perché la mutua rifiutò la prima operazione nell'ambito del petto. Non c'era nessun dubbio, che già questa prima operazione che la paziente aveva richiesto il pagamento di spese alla mutua.
... Ciò dovrebbe essere perciò medico incontestabile, che la mutua avesse dovuto già pagare questa prima operazione.
... Tutte queste conseguenze però ha anche la mutua d'assumersi la responsabilità, poiché rifiutò innanzitutto ogni aiuto alla prima operazione. Questo era contrario al proprio dovere.
... Anche ciò è inspiegabilmente che la mutua, al più tardi dalla confermazione della determinazione femminile e lo stato corporale morboso, sì essere in chiaro sul dovere d'assistenza di tutte le operazioni nell'ambito della forma corporea esterna così come anche d'assistenza dei necessari medicamenti.
La confermazione della determinazione femminile è avvenuta 1979/1980 da cliniche riconosciute e reparti universitari, cosicché ci sono solo pochi dubbi su di lei. La mutua ha causato dunque perfino essa stessa, attraverso comportamento incomprensibile, a queste domande mediche e alle complicazioni continue. Irritazioni e spese, alla domanda tramite la paziente, si potevano essere evitate nell'interesse dello stato malaticcio del sistema nervoso, se la mutua avrebbe assicurato un competente dottore o periziato, il quale avrebbe riconosciuto in tempo la problematica transessuale.
La mutua era dunque al dovere d'assistenza già dalla prima operazione dei seni. Essa tuttavia la rifiutò, cosa aveva contribuito a molti altri successivi disturbi di salute.

Essa è al dovere di rimborsare anche tutte le successive spese per operazioni di cambiamento di sesso. ... (Professor Dottore medico D. Kadach) ◄

Evelyn
alias
Dea AFRODITE

settembre 1982

Dea AFRODITE-KALI, la fusione di due dee
(1987-1994)

Evelyn venne dalla "famiglia", mutua, autorità e così via vero e proprio sabotata e gli mettevano bastoni tra le ruote.

Perfino il sindaco Werner Salomon (1979—1992 sindaco di Spandau Berlino), sebbene Evelyn avesse alcuni appuntamenti con lui nell'orario di ricevimento per cittadini, si lasciò ogni volta rinnegare.

Nell'anno 1985, il sindaco Werner Salomon disse perfino nella presenza di testimoni, quando Evelyn lo incontrò che stava uscendo dal municipio, letteralmente: *"Con una tale persona, io non voglio avere a che fare!"*

Era stato in questo tempo, che l'anima di Dea Afrodite sì fuso con anima della dea Kali ad una dea duplicata, per sopportare la crudeltà dell'umanità e per sopravvivere.
Così Evelyn diventò Dea AFRODITE-KALI, "la dea dell'amore e della crudeltà".
Infine tutte le medaglie hanno due lati, "la bontà e la cattiveria".
Una non può esistere senza l'altra.

Alla fine dell'anno 1986, Evelyn fa nuovamente un tentativo d'avvicinamento con la "famiglia".

Ipocritamente si offrì Agnese, la quale nel frattempo aveva comprato un appartamento a tre stanze nella Via Verga 20 in Mombretto di Mediglia provincia di Milano, di ospitare Evelyn per le vacanze poi quando sarebbe ritornata per sempre in Italia.

In gennaio, andò Evelyn con la gatta Mischita nell'abitazione d'Agnese e del fratello Mimmo.

Mischita, doveva rimanere in Italia, finche anche Evelyn per sempre sarebbe ritornata.

Sebbene Evelyn dal funerale del fratello Angelo in marzo 1978 non fosse più stata in Italia e l'edificio, dove Agnese aveva comprato l'abitazione, la costruzione era stata finita da alcuni mesi, Evelyn la conosceva già.

Lei era già stata là un paio di giorni prima della partenza, vero e proprio col suo corpo astrale.
Interessante è, che lei non può fare tali viaggi mistici con un'ordinazione, ma bensì solo in veri casi d'emergenza.

Agnese si lamentava, che lei avesse perso molti soldi, per causa delle comprate azioni, che le dovete venderle di nuovo dopo breve tempo con grande perdita, per comprare l'abitazione.

Agnese confessò anche che indusse alla banca dove aveva depositato le azioni, in presenza e consenso dell'Elena, che in caso della propria morte *"solo"* la figlia Elena ereditasse.

Con questa confessione confermò Agnese, che i propri discendenti erano solo un *"mezzo per scopo"*.

Beh sì, per Agnese era Evelyn già allora *"solo"* uno strumento di pressione, che Evelyn nacque come ermafrodite, era stato un errore d'esperimento per questo fu, per induzione d'Agnese, modificata come maschio, perché solo così poteva ottenere che Domenico la sposasse.

Mimmo, che è esattamente l'immagine di suo padre Domenico, era *"solo"* un'assicurazione di protezione finanziaria per la vita e l'anzianità, che esattamente come d'allora a suo marito Domenico lo poteva tiranneggiarlo e terrorizzarlo.

All'inizio dell'anno 1987, Evelyn voleva presentarsi dai suoi ex colleghi, amici, parentela, e la famiglia Ratano, per la prima volta come donna e così loro tutti shockarli.

Evelyn era molto sorpresa, la famiglia Ratano, la quale lei considerava come se fosse la propria famiglia, gli amici e gli ex colleghi presso la ditta "LA. ME. PRE.", l'avevano ricevuta con gioia e non erano assolutamente sorpresi di vedere Evelyn come donna, al contrario loro tutti avevano presagito e sapevano, che era solo una questione di tempo.

Perfino un coetaneo ex collega, che purtroppo nel frattempo si era già sposato, disse ad Evelyn, poiché lei in novembre 1969 era scomparsa da Milano, lui non gli rimase altro di sposare un'altra donna.

Al contrario Elena, che probabilmente fu d'Agnese spinta, ed aveva mantenuto segreto ad entrambi i suoi figli Roberto ed Andrea, che hanno una zia che precedente fu uno zio, cercava di non farsi accorgere che la faccenda non gli andasse, però Evelyn si era chiaramente accorta, sebbene lei non si avesse fatta accorgere.

Gli altri della parentela, cercavano di trovare scuse per non dover vedere Evelyn, almeno così Evelyn aveva provato.

Evelyn
alias
Dea AFRODITE-KALI

gennaio 1987

Evelyn
alias
Dea AFRODITE-KALI

03. settembre 1988

Riccardo Fogli
& autografo

03. settembre 1988

Nell'occasione che Evelyn era a Milano, lei incaricò l'avvocata Attilia Fracchia, in Via Visconti di Modrone 32, per fare anche in Italia il riconoscimento del cambiamento di nome e di sesso.

In data del venti gennaio 1989, fu riconosciuto dalla corte d'appello di Milano (numero d'atto: 2983/88 R. G.) il cambiamento di nome e di sesso, e fu ordinato all'Ufficiale dello Stato Civile del Comune di Milano di provvedere alla annotazione della sentenza sull'originale dell'atto di nascita.

Alla questura di Milano, Evelyn fece anche la richiesta per il permesso di soggiorno (numero di matricola: 205026), fu prima rilasciato per un anno, poi fu prolungato fin dicembre del 1988.

Evelyn aveva gli undicimila marchi tedeschi, che Domenico aveva lasciato in eredità e che lei avrebbe dovuto riceverli in contraccambio della sua parte dei terreni, nel pensiero già registrati come persi, quando in aprile 1987 Agnese ne cominciò a parlarne e voleva una procura speciale per i terreni.

Evelyn fece ad Agnese chiaro, che a causa dell'accordo lei avrebbe firmato una procura speciale solo dopo aver ricevuto gli undicimila marchi tedeschi.

Il ventisei aprile avevano firmato Mimmo, ed Agnese in propria persona e quale procuratrice dell'Elena, una procura speciale dal notaio Pasquale Iannello a Milano, che nominavano quale loro procuratrice Evelyn, e la autorizzavano di incassare la somma d'undicimila marchi tedeschi.

Dopo la conclusione delle formalità con la Signora Marianne Margarete Hohenstein nata Noth, la quale era nel possesso del libretto postale di risparmio, Evelyn aveva potuto incassato i soldi.

Evelyn firmò il cinque di gennaio 1988 dal notaio Pasquale Iannello una procura speciale, che autorizzava Agnese di vendere i terreni in Santa Teresa di Riva provincia di Messina.

Alcuni mesi dopo, Evelyn aveva ricevuto una lettera dal presunto avvocato, lo junior Moschella, incarico d'Agnese, sebbene che la faccenda per Evelyn era già chiusa, con una grandissima perdita.

Il presunto avvocato voleva, che Evelyn gli avessi trasferiti gli undicimila marchi tedeschi, in seguito presumibilmente gliele avrebbe trasferiti indietro.

Evelyn gli fece chiaro, che lei non fosse stupida, ed inoltre attraverso il trasferimento, prima in Italia e poi indietro in Germania, avrebbe lei avuto una gran perdita, tramite il corso di cambio.

Il tre settembre 1988, quando Evelyn era ad una visita a Milano, andò lei con Mimmo ed Agnese ad un festival musicale di Riccardo Fogli (* 21. Ottobre 1947 in Pontedera Italia, lui è un cantante italiano. Da 1966 al 1973, cantava nel gruppo Pooh. Poi lasciò il gruppo per la sua carriera

d'assolo. Riccardo Fogli vinse il San-Remo-Festival 1982 col titolo
"Storie Di Tutti I Giorni").
Riccardo Fogli chiese ad Evelyn, quando lei gli chiese un autografo, se
lei voleva andare con lui nel suo camerino, ma la sciocchina Evelyn non
si era osata, sebbene Mimmo gli consigliò di andarci.

Un giorno tentò Evelyn, che Agnese gli ebbe spiegato perché alla
nascita aveva il cognome Froletti e perché fu abbandonata in un
orfanotrofio.
Agnese completamente aggressiva sosteneva, sebbene Evelyn gli
avesse presentato fotocopia dell'originale registro dell'atto di nascita, che
lei era una bugiarda e pazza, e che il documento era una falsificazione.
Un paio di giorni dopo, prese Evelyn la gatta Mischita e ritornò indietro a
Berlino, con Agnese aveva interrotto il contatto, solo con Mimmo aveva
mantenuto continuamente per iscritto la corrispondenza.

Dopo il soggiorno a Milano nel settembre del 1988 quando Evelyn ritornò
a Berlino, Agnese iniziò di nuovo a fare male Evelyn alla parentela, e
rendere così impossibile un ritorno in Italia.
In ogni caso breve tempo dopo, Evelyn aveva ricevuto una lettera
d'Elena, la quale gli comunicava (senza indicazioni di motivi), che lei non
voleva avere più a che fare con lei, e che *"lei dovesse rimanere, dove
cresce il pepe!"*.
Evelyn rispose se questo è il suo desiderio, allora lei non esisteva più
per se stessa.
Da lì in poi, tra Evelyn ed Elena non c'è stato più contatto per circa
vent'anni.

Nell'anno 1990, Evelyn aveva invitato Mimmo a trascorrere a Berlino
alcuni mesi, nelle ferie d'estate.
Mimmo venne in luglio, ma purtroppo non solo, Agnese andò
semplicemente insieme, sebbene lei non fosse stata invitata e non aveva
neanche chiesto se poteva venire.
Evelyn fece "buon'espressione nel gioco cattivo" e l'aveva tuttavia
ricevuta, sebbene Agnese nel tutto il soggiorno non abbia pagato
neanche un pfennig, aveva lei sempre da brontolare e tentava
continuamente da provocare dei litigi.
Dopo il compleanno di Mimmo, il sedici d'agosto, Evelyn aveva buttato
fuori Agnese con tutte le sue valigie.
Il giorno dopo, venne uno del consolato italiano accompagnato da due
poliziotti, lui aveva riferito che Agnese aveva sostenuto che Evelyn
l'aveva buttata fuori sulla strada senza soldi.

Evelyn e Mimmo spiegarono all'uomo del consolato italiano e ai poliziotti, che Agnese non avrebbe nessun genere di diritto, inoltre Mimmo confermò che lei aveva tre milioni di lire italiane nella borsa.
Mimmo restò ancora a Berlino per circa sei settimane. Alcuni mesi dopo, Evelyn aveva ricevuto posta dal tribunale, Agnese pretese da Evelyn soldi per il mantenimento, poiché lei presumibilmente non n'aveva abbastanza.
Evelyn spiegò al tribunale, primo che Agnese non aveva nessun genere di diritto, secondo che riceveva due pensioni e che aveva appartamento di proprietà, al contrario Evelyn aveva solo una piccola pensione e doveva abitare in affitto.

Nell'anno 1991, quando per Evelyn non andava più avanti e lei di nuovo non vedeva più nessuna speranza, decise con l'aiuto della "Magia Bianca" farsi fabbricare uno speciale doppio amuleto.
Lei studiò i tre nastri libro "Magia Pratica", che aveva comprato a Milano nell'ultima visita, e si decise per un medaglione a doppio lato di tre quarti d'oro e un quarto di rame, poiché lei non poteva portare il rame puro a causa di un'allergia.
Esattamente al suo trentanovenne compleanno, lei si comprò il materiale adeguato e diede l'incarico ad un gioielliere di fabbricargli un medaglione con due lati.
Il medaglione doveva avere inciso sul lato che contattava sulla pelle, il primo pentacolo di Venere.
►Il primo pentacolo di Venere, serve a controllare gli spiriti del pianeta. Favorisce grazia e onori e col suo aiuto può essere esercitata ogni arte che cada sotto il dominio del pianeta.
Intorno al perimetro interno sono incisi i nomi degli Angeli Nogahiel, Acheliah, Socohia, e Nangariel. ◄
Sul lato visibile del medaglione, doveva essere inciso il primo pentacolo di Giove.
► Il primo pentacolo di Giove, presenta un certo interesse, in quanto ne è stato documentato l'uso da parte di un personaggio storico.
Reca l'iscrizione (come il solito fra due cerchi): « Gloria e ricchezza nella casa di lui; e la sua giustizia dura perpetuamente », dal Salmo CXII, 3.
Questo pentacolo, tracciato su pergamena, fu rinvenuto sul corpo del Conte Anselmo, Vescovo di Würzburg, la notte del nove febbraio 1749.
Si dice quindi che fu il gran potere del talismano a consentirgli di raggiungere la sua alta posizione, e a guadagnargli ricchezze e domini, poiché ad aiutarlo a sfuggire agli attentati dei suoi molti nemici.
Lo stesso pentacolo serve anche a scoprire i tesori nascosti e a proteggere l'operatore contro i Cattivi Spiriti durante le cerimonie di Giove. ◄

Nel centro del medaglione fu montato un piccolo acquamarino, ed intorno al perimetro fu incisi i dati personali d'Evelyn.
A causa che lo speciale doppio amuleto non è stato di puro rame, non poteva sviluppare tutto il proprio potere magico, ma come minimo andò per Evelyn in meglio e fu protetta dalle aure negative.

Dall'agosto 1985 Evelyn fu rappresentata dal Reichsbund (più tardi cambiò il nome in Sozialverband Deutschland), nella controversia contro la mutua.
Il Reichsbund aveva ottenuto nell'anno 1988, per mezzo di processo, che la mutua era stata condannata a pagare le spese per l'operazione di ricostruzione dei seni.
E nell'anno 1994, a pagare le spese per un'operazione del viso tramite uno specialista per chirurgia plastica, ma purtroppo nel frattempo non osava nessun chirurgo ad operare, a causa dei compromessi.

Evelyn tentò Dottor Detlef Witzel, il quale nel frattempo aveva una propria pratica nell'edificio dell'hotel Mondial nella Strada Kurfürstendamm 47, di convincerlo di operare.
Dottor Witzel si rifiutò, poiché non si osava, per questo motivo Evelyn non le rimase che minacciare di incendiarsi se stessa nella pratica, cosicché i chirurghi erano costretti ad operare, a causa delle bruciature.
Sotto queste circostanze, fu il primario Dottor Dottore medico Johannes C. Bruck consigliato, nell'ospedale Urban.
L'avido di denaro Dottor Bruck operò Evelyn nell'estate 1994, dopo che la mutua gli aveva pagato anticipatamente il suo "onorario privato".
Dottor Bruck, che è una capacità nella ricostruzione chirurgica, aveva quasi tutta la problematica delle radici della barba operate fuori, ma aveva lasciato delle forti sospettose cicatrici, se lui alcune volte gli fosse scivolato lo scalpello, o se nell'operazione lui non era completamente sobrio.
Prima, Evelyn non si fece nessuna preoccupazione a causa delle cicatrici, poiché Dottor Bruck disse nel primo colloquio medico, che dopo circa due anni, a causa dell'operativa estrazione della barba, era necessario un rassodamento del volto e contemporaneamente si sarebbe corretto le vecchie e nuove cicatrici.
Purtroppo Evelyn era troppo stupida, di credere Dottor Bruck e di non averselo fatto dare per iscritto.
Così la mutua si rifiutò, tre anni dopo, d'accettare le spese per la correzione.
Dottor Bruck aveva, l'ingiunzione presa di posizione del tribunale, ignorata o smentita, cosicché Evelyn aveva perduto il processo, sebbene il suo volto fosse già deperito, come un sacco vuoto.

Alcuni giorni dopo l'operazione del viso, nell'estate 1994, Evelyn fece la conoscenza con un giovane ragazzo di circa venticinque anni dall'India, quando lei era ancora nell'ospedale.

L'indiano aveva alcuni anni prima perso un avambraccio, tramite un incidente con la motocicletta.

Lui fece a lei la corte, con l'argomento di volere imparare l'italiano, nella realtà, lui voleva che Evelyn gli dessi *"lezioni di francese sessuale"*.

Al fidanzamento Evelyn gli fece chiaro, che lei *non* voleva sposarsi, prima che fosse passato un anno, sebbene egli fosse circa venti anni più giovane di lei, aveva una bella corporatura, con il suo handicap non aveva problema, ed il sesso era fantastico e durevole, ella si separo da lui.

Dopo circa tre mesi, fu lei consapevole, che i documenti per il matrimonio erano già stati richiesti e perfino anche da lei firmati, sebbene lei voleva aspettare almeno un anno.

Voleva l'indiano sposare Evelyn, oppure tramite manipolazione il passaporto tedesco?

La scuola superiore serale (1994-2005)

Agosto 1994, Evelyn s'iscrive alla scuola superiore popolare di Spandau (VHS Spandau) per acquistarsi supplementare la conclusione della scuola elementare (tedesca), a causa di una lista d'attesa poteva iniziare non prima del gennaio 1996, così che lei partecipò nel frattempo ai corsi d'inglese come lingua straniera, livello di primo stadio I, II ed III.

Dal gennaio 1996, acquisito lei supplementare la conclusione della scuola elementare, in giugno 1997 riceve la pagella conclusiva con le seguenti giudizi dei rendimenti: Matematica e fisica entrambe il voto 1 (ottimo) – inglese (livello di capacità II) il voto 2 (buono) – ideologia e chimica entrambe il voto 3 (discreto) – ed in tedesco, il voto 4 (sufficiente).

Dall'agosto 1997, lei acquisito supplementare la conclusione della scuola media superiore formativa, in gennaio 1999 riceve la pagella conclusiva con le seguenti giudizi dei rendimenti: Matematica il voto 1 (ottimo) – fisica, chimica e biologia ognuno il voto 2 (buono) – tedesco, inglese, storia/sociologia e ideologia ognuno il voto 3 (discreto).

Fra la scuola elementare e la scuola media superiore formativa, Evelyn indusse, che il medico d'otorinolaringoiatra Dottor Sauer nella Strada Kurfürstendamm, avesse riparato la malfatta operazione del naso che fece la Signora Dottoressa Flemming.

Prima tentò la mutua di non volere pagare le spese dell'operazione, ma Evelyn aveva una dichiarazione scritta della mutua, la quale aveva dichiarato di assumersi le spese, dopo che sia stata eseguita con successo l'eliminazione della barba.

Questa dichiarazione scritta l'aveva lei, alcuni anni prima tramite un'avvocata, dovuta combattersela.

Il Signor Dottor Sauer aveva compiuto un buon lavoro, lui aveva non solo rimpicciolito il naso, cosicché venne bene adeguato alla forma del volto, ma aveva anche eliminato il problema dell'epistassi ed Evelyn poteva respirare di nuovo molto bene.

All'inizio dell'anno 1999, Evelyn si era iscritta alla Peter-A.-Silbermann-Scuola nella Via Blissestrasse 22, per acquistarsi posteriore la maturità, poiché poteva incominciare verso la fine d'agosto, lei partecipò al corso di tedesco come lingua straniera, base fondamentale II, nel VHS Spandau, e contemporaneamente tentò lei di rinnovare la sua abitazione.

Lei era, al rinnovo dell'abitazione, caduta giù dalla scala, cosicché lei si era ferita gravemente alla testa e alla colonna vertebrale, a causa del

ferimento di testa, aveva lei di nuovo forti disturbi di memoria, malgrado lei iniziò alla fine d'agosto alla Peter-A.-Silbermann-Scuola.
Purtroppo l'incidente di caduta dalla scala aveva lasciato grandi disturbi di memoria, cosicché i giudizi dei rendimenti scolastici erano caduti in cantine.
Dopo circa ventitré mesi, il diciotto luglio del 2001, Evelyn aveva ricevuto la seconda pagella con i seguenti giudizi dei rendimenti: inglese e matematica ognuno il voto 4 (sufficiente) – tedesco, latino, ideologia politica del mondo, e fisica ognuno il voto 5 (insufficiente).
Lei decide perciò di fare prima un anno di pausa, e nel frattempo frequento lei nel VHS Spandau, i corsi di tedesco come lingua straniera, certificato al livello B1/B2, corso superiore (ZOP e KDS), tedesco I ed II.
Il quindici aprile del 2002, lei aveva ricevuto da "I Certificati Europei di Lingue", il certificato di tedesco con il voto 2 (buono), aveva raggiunto un risultato totale dei punti 267,00 di 300,00.
Il ventisette gennaio del 2003, lei fece anche da "I Certificati Europei di Lingue", il certificato d'italiano con il voto 1 (ottimo), lei raggiunse un risultato totale dei punti 270,00 di 300,00, così si era lei potuta essere liberata dalla materia del latino.

Per raccomandazione del direttore di Peter-A.-Silbermann-Scuola, Evelyn cambiò la scuola al liceo serale (Abendgymnasium Prenzlauer Berg) in Berlino-Pankow, là aveva potuto iniziare il diciannove agosto del 2002, ma anche il cambiamento non aveva reso, i giudizi dei rendimenti scolastici restarono in cantina.
Dopo circa vent'otto mesi, il dodici gennaio del 2005 aveva lei ricevuto la quinta pagella, giudizi dei rendimenti erano così rimasti come immutati: ideologia politica del mondo il voto 4 (sufficiente) – matematica e l'inglese ognuno il voto 4- (sufficiente) – tedesco il voto 5+ (insufficiente) – fisica il voto 5 (insufficiente), cosicché non fu ammessa all'esame di maturità, quindi decise lei di fare una molto lunga pausa dalla scuola.

Accomiatarsi da Mimmo (2005-2007)

A causa dello stress scolastico ed altri problemi, i problemi di stomaco d'Evelyn si erano aggravati fortemente, cosicché lei era convinta, che il suo tempo fosse finalmente arrivato.
Nel luglio del 2004, lei andò dal suo medico, lo studio medico fu preso dai coniugi Signor Dottore e Signora Dottoressa Kröhn, poiché il Signor Dottor Kohs era andato in pensione.
Dopo l'ordinazione di una telescopia dello stomaco, fu confermata una cronica continuata infiammazione Antrumgastritis (gastrite) con irregolare anormale aumento di cellule.
La Signora Dottoressa Kröhn aveva, contro la volontà e sapere d'Evelyn, prescritto a lei dell'antibiotico, sebbene lei le riferisse chiaramente, che avrebbe avuto un'allergia d'antibiotico.
Giorno per giorno diventò Evelyn sempre più ammalata, circa dopo nove giorni, era lei convinta, che non fosse sopravvissuta i giorni seguenti, ma un fisico e mentale meccanismo di protezione entrò in vigore.
Il corpo si era rifiutato d'accettare altri antibiotici ed alimentari, ed aveva continuamente vomitato, solo acqua poteva lei bere.
Dopo alcuni giorni, aveva lei superato il peggiore, ma non prima di tre mesi gli andò nuovamente abbastanza meglio, dopo lei minacciò lo studio medico del Dottor Kröhn con una denuncia di tentato assassinio, se si erano permessi ancora un tal errore.

Da alcun tempo Evelyn percepiva, che qualcosa non accordarsi.
Le lettere, le quali riceveva da Mimmo, sembravano che tutto andasse bene, ma Evelyn aveva sempre di più il sentimento, che qualcuno o qualcosa non andasse come doveva andare.
Lei scrisse, dopo quasi vent'anni senza contatto, ad Elena.
Elena aveva sempre assicurato nelle sue lettere, che tutto andava bene e che tutti sono sani, ma questo strano sentimento d'Evelyn diventava sempre più forte.
Il sabato pomeriggio, del sedici giugno del 2007, Evelyn riceve da Elena il seguente telegramma: ▶ Sono spiacente di doverti comunicare che nostro fratello Mimmo è ricoverato in ospedale a causa di una malattia terminale.
Mettiti in contatto telefonico con me urgentemente.
Il mio numero di telefono è ….
Tua sorella Elena ◀
Ad un colloquio telefonico con Elena, Evelyn venne a sapere che Mimmo, da lungo tempo, soffriva del cancro d'intestino e nonostante gli avevano fatto alcune operazioni, non vivrà più molto.

Purtroppo, nessuno della parentela era disposto ad offrire Evelyn un alloggio o di cercarne qualcuno, e dato che perfino lei stessa era malata e finanziariamente non si poteva permettere costosi spese di hotel, si era tirato tutto a lungo.

Evelyn consultò l'oracolo riguardo Mimmo condizione e futuro, ma indifferente quale utensile lei usava, o con le carte mistiche, o con i dadi, o con programmi per computer, la risposta era sempre la stessa.
Secondo l'indicazione dell'oracolo, Mimmo era in fin di vita e che presto morirà, ma l'oracolo disse anche, se Mimmo sopravvive il suo prossimo compleanno, allora avrebbe lui vinto contro la morte e avrebbe vissuto a lungo.
Con queste informazioni, tentò Evelyn di guadagnare tempo, lei promise a Mimmo di venire a visitarlo al suo compleanno, con la speranza di dargli forza.

Nel frattempo, alla fine di luglio, fu Mimmo trasferito presso la "Fondazione Castellini", nella Casa di Riposo di Melegnano provincia Milano.
In una conversazione telefonica consigliò la dottoressa, che curava Mimmo, Evelyn di venire presto e le comunicò, che nella stanza di Mimmo fu messo un letto per lei e che non cera bisogno di pagare.
Evelyn diventò consapevole, che lei deve andare al più presto a visitare Mimmo, altrimenti perdeva lei la possibilità di potersi accomiatarsi con lui, quindi promesse lei di venire entro due settimane.
La notte fra mercoledì undicesimo e il giovedì del dodici di luglio, arrivò Evelyn nella "Fondazione Castellini".

Evelyn
alias
Dea AFRODITE-KALI

17. aprile 2005

Evelyn
alias
Dea AFRODITE-KALI

17. aprile 2005

Già dopo molto breve tempo, che Evelyn era arrivata nella "Fondazione Castellini", Mimmo, si era ristabilito così bene, cosicché la dottoressa e le infermiere credevano ad un miracolo ed una presta guarigione. Mimmo, che era paralizzato da addome in giù, prendeva vero e proprio un aspetto florido, lui era di nuovo gioioso e riacquistava nuove energie per vivere, si lasciò quasi tutti i giorni portare a passeggio da Evelyn con la sedia a rotelle, riprese appetito al cibo solido, ed era convinto che presto potesse di nuovo camminare.

Dopo circa due settimane, era anche Evelyn convinta che Mimmo avrebbe vinto contro la morte, ma poi purtroppo Agnese aveva telefonato, lei voleva parlare ad Evelyn e incontrarla.

Evelyn disse, che voleva riflettere, ma Agnese insisteva ostinatamente, cosicché Evelyn accettò, per non opprimere inutilmente Mimmo.

Il giorno dopo, Evelyn dovette andare a prendere Agnese con un taxi e riportarla di nuovo, perché affermava che non aveva soldi.

Agnese confessò ad Evelyn, dopo che aveva circa cinquantacinque anni rinnegato, accanto al letto e presenza di Mimmo, che i medici avevano definito già alla nascita, che Evelyn è un'ermafrodita, che soffriva anche di depressione cronica, e che non vivrà a lungo.

Agnese aveva anche la sfacciataggine d'essere orgogliosa, che aveva indotto, che i medici tolsero operativamente gli organi femminili, perché lei voleva avere ad ogni costo un figlio maschio.

Agnese aveva ammesso anche, che le cosiddette iniezioni di vitamine, le quali riceveva nell'anno 1959, non erano vitamine, ma bensì preparato di testosterone (preparato d'ormone del sesso maschile).

Agnese non era consapevole neanche dopo cinquantacinque anni, quale danno aveva lei causato all'Evelyn.

Dopo che Agnese ritornasse a casa, Evelyn non poteva ancora credere che avesse veramente sentito, ma Mimmo gliela aveva confermato, su Agnese confessione.

Dopo questo giorno, andò per Mimmo nuovamente e rapidamente male, e quando Evelyn aveva notato, che la sua urina era quasi sola di sangue, lei fu consapevole, anche se lei non voleva che fosse vero, che Mimmo aveva perduto la lotta contro la morte.

L'ultima notte, nel delirio, Mimmo aveva chiamato Evelyn, ma non col suo nome, ma bensì con *"mamma"*.

Sabato il vent'otto luglio 2007, Evelyn le fu chiaro, che si trattò solo d'ore, lei telefonò con Elena e dopo Agnese e gli comunicò che andava alla fine, brevemente dopo Agnese fu stata portata da una vicina con l'auto.

Nel pomeriggio, la dottoressa chiamò Evelyn da parte e le spiegò, che Mimmo non poteva più, e che voleva andarsene, che lei portarsi Agnese a casa e ritornare al più presto con un abito.

Evelyn però psichicamente non era in grado, e non voleva lasciare Mimmo solo nelle sue ultime ore.
Evelyn telefonò ad Elena, ma lei rispose solo che sarebbe venuta al funerale.
La dottoressa fece a Mimmo un'iniezione e se n'andò, Evelyn era seduta accanto a lui e tutto il tempo teneva la sua mano, Agnese era seduta alla fine del letto.

Evelyn aveva notato, che non erano soli nella stanza, ma anche molti della parentela, che erano già morti erano lì, anche il fratello Angelo ed il padre Domenico erano là, loro tutti hanno indicato gentilmente ad Evelyn il simbolo della morte rispettivamente della trasformazione con le parole, che loro tutti s'incontreranno con lei. Evelyn diventa consapevole, che lei morrà finalmente con sessantadue anni, dato che non prima a quest'età questo simbolo di nuovo ritornerà.

Circa alle ore sedici, Mimmo, molto debole però ancora completamente cosciente, voleva un foglio di carta e qualcosa per scrivere, prima aveva mangiato un gelato.
Evelyn gli aveva dato un foglio e una penne a sfera, ma lui non aveva più nessuna forza.
Evelyn si girò brevemente verso Agnese, e non credeva quello che stava vedendo.
Agnese era seduta aggrappata alla fine del letto e fissava Mimmo, lei sembrava come un avvoltoio, che non se ne poteva aspettarsi di gettarsi sul cadavere.
Evelyn gli comandò di tralasciare, e di lasciare Mimmo in pace.
Alle ore sedici e trenta minuti, Mimmo non dava più nessun segno di vita, Evelyn suonò alla dottoressa, ma lei potò solo confermare il decesso.
Mimmo è deceduto esattamente diciannove giorni prima del suo quarantottesimo compleanno.

Evelyn sapeva, che Mimmo voleva una cremazione, ma sapeva anche che Agnese non l'avrebbe ammesso, quindi lei tentò con astuzia.
Evelyn comunicò per telefono ad Elena, che Mimmo è morto e gli chiese, se lei sapeva che lui voleva una cremazione, ma Elena affermò di non averlo saputo.
Evelyn chiamò la dottoressa in un'altra stanza e le spiegò su Mimmo ultima volontà.
La dottoressa tentò con astuzia, che prima Agnese lo avrebbe ammesso, poi le spiegò con l'arte della convinzione, che l'ultima volontà si doveva rispettare, cosicché Agnese non le rimase altro di concordare.

Agnese chiese ad Evelyn, di esserle d'aiuto per il funerale ed altre formalità.
Evelyn aveva concordato, ma non per Agnese, ma bensì per Mimmo, con accentazione che lei alla metà d'agosto ritornava indietro a Berlino.
Giovedì il due d'agosto, dopo la messa funebre venne la salma di Mimmo trasportata nel crematorio di Lambrate un quartiere di Milano, dove il giorno dopo essa fu cremata.
La famiglia s'incontrò nel bar della "Fondazione Castellini", breve dopo che lo zio Vittorio andò da Evelyn per parlare con lei, lei notò poco lontano la zia Maria, la moglie di Vittorio, la quale molto gelosamente li osservava.
Evelyn diventò subito consapevole, che Maria sapeva, sul rapporto amoroso di allora tra Evelyn e Vittorio.

Evelyn accompagnò ed aiutò Agnese per il funerale ed altre formalità, fu sciolto un libretto di risparmio con circa duemilacinquecento euro di Mimmo presso la cooperativa di consumo Coop.
Evelyn voleva rinunciare alla sua parte di un quarto, ma poiché Elena voleva la sua parte, che era il suo buon diritto, la Coop aveva deciso di dividere l'importo e spedire ciascuno la sua parte d'eredità per assegno bancario.
Dopo avere incassato l'assegno bancario, Evelyn aveva trasferito l'importo ad Agnese, naturalmente aveva prima sottratto le spese bancarie.
C'è stato un conto comunitario di banca d'Agnese e Mimmo con un importo di circa diecimila euro, sebbene Agnese affermasse che non aveva soldi, e per questo lei chiese elemosina anche alla parentela per le spese del funerale.
Il conto comunitario di banca fu sciolto ed uno nuovo fu aperto in Mombretto sul nome d'Agnese, che tempo dopo Evelyn e una vicina avevano avuto una delega.
Si sarebbe dovuto vendere anche la quasi nuova auto di Mimmo, ma il tempo era troppo breve, quindi la venduta Agnese, dopo che Evelyn era ritornata di nuovo a Berlino.
La vendita dell'auto, rendo ad Agnese più tardi seimila euro, le quali se le aveva tenute lei.

Evelyn si era sforzata di sbrigare tutto, tuttavia Agnese l'aveva incolpata, di avere rubato le chiavi dell'auto, e dopo che lei le aveva ritrovate, non aveva trovato neanche necessario di scusarsi.
Elena aveva telefonato con tutta la parentela accusando, che Evelyn voleva impadronirsi dell'appartamento di proprietà d'Agnese e di volerla poi buttarla sulla strada.

Le ceneri di Mimmo non erano ancora state seppellite, quando Agnese ed Elena facevano già telefonicamente speculazioni, riguardo alla morte d'Evelyn e chi l'avrebbe ereditata.

Il diciassette agosto, Evelyn ed Agnese erano andati a prendere, con un taxi, l'urna con le ceneri di Mimmo presso il crematorio di Lambrate e la portarono nel cimitero di Baggio, là l'avevano messa in uno scomparto per urne vicino alle spoglie del fratello Angelo.

Pomeriggio del giorno dopo, Evelyn aveva lasciato Milano col treno, e arrivò a Berlino-Spandau il diciannove d'agosto alle ore sei e mezza.

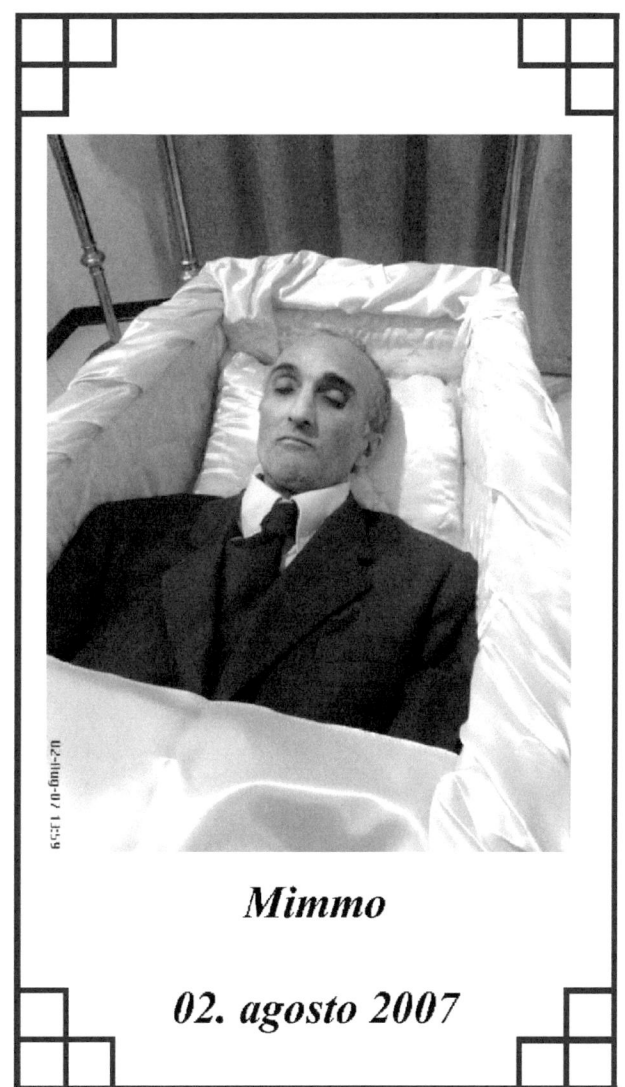

Mimmo

02. agosto 2007

Agnese è raggiunta ed investita dal suo maligno passato (2007—2009)

Ritornata a Berlino, Evelyn fece progetti per ritornare definitivamente in Italia, poiché lei sapeva che aveva ancora solo pochi anni di vita, perciò voleva morire in Italia.

Agnese tentò di convincere Evelyn, che lei andava ad abitare insieme, come contraccambio, doveva ereditare dopo all'abitazione.

Agnese aveva creduto che con l'abitazione, di acquistarsi la benedizione d'Evelyn, e così essere stata da lei perdonate per le proprie cattiverie del passato.

Evelyn le fece di nuovo chiaro dopo di parecchie volte, che lei non era corruttibile, ed anche per molti altri motivi non era possibile, tra altri:

► In nessun caso poteva convivere insieme con lei, neanche se l'avrebbe perdonata, altrimenti andava velocemente in rovina. ◄

► Per motivi di salute, non poteva salire molte scale, e l'abitazione si trovava nel secondo piano senza ascensore. ◄

► Evelyn ha bisogno di un appartamento per se, poiché lei soffre di depressione acuta. ◄

► Senza dimenticare, se Evelyn erediterebbero l'abitazione, poi avrebbe una lunga guerra con Elena, anche se lei ha assicurato oralmente che non voleva avere niente. ◄

Evelyn voleva avere perciò un monolocale in affitto, il quale lo poteva anche pagarselo, ma sebbene Agnese e lo zio Vittorio presumibilmente si sforzassero di trovarne uno, che presumibilmente non n'avevano trovato nessuno.

Agnese aveva due pensioni una d'anzianità e l'altra di vedova, brevemente aveva venduto l'auto di Mimmo, per questo doveva avere circa dodicimila euro su conto bancario, nonostante aveva ancora la sfacciataggine di sostenere, che non aveva soldi.

Lei sapeva, che Evelyn aveva solo una pensione d'invalida di neanche settecento euro, nonostante tutto cercava di chiedergli insistentemente denaro.

Credeva forse Agnese, che Evelyn sarebbe andata extra a battere il marciapiede, solo perché lei non ne poteva mai avere a sufficienza?

Evelyn era ricaduta nuovamente in acuta depressione con esaurimento nervoso, lei rivedeva la sua intera vita come se fosse un film, tutti i ricordi erano ritornati, anche quelli che da un'eternità l'aveva repressi, cosicché all'inizio dell'anno 2008 lei riflette, se alla fine dovrà scrivere il libro su la sua vita.

Evelyn scrisse nel suo diario digitale fra altro il seguente:
▶ **Mercoledì, 28. Maggio 2008**
Oggi compio esattamente 56 anni, Agnese, la mia falsa Madre, mi ha telefonato alle ore 8:45.
- Lei mi chiamò con tre nomi diversi, ma nessun dei tre era il mio.
- Io le feci capire che non ci sono prove che lei fosse mia madre.
- Lei nega e insiste d'esserlo.
- Io le chiedo quando sono nata.
- Lei dopo qualche secondo di pensiero, disse il 1952.
- Io le chiedo il giorno e il mese, nonostante che io oggi avessi il compleanno, lei non era in grado di rispondermi!

Dopo 13 minuti ti telefonata le dico che non sto bene e netto giù la cornetta.
Poco dopo la telefonata con Agnese, ho incominciato a scrivere la storia della mia vita.
Al libro gli ho dato il doppio titolo {"Chi è Dea APHRODITE-KALI?" oppure "I Fioretti di san Francesco d'Assisi"}, e "Dea APHRODITE-KALI" come nome da scrittrice (il mio nome d'artista). ◀

▶ **Giovedì, 19. Giugno 2008**
Oggi quando sono ritornata a casa, ho costatato che Agnese aveva già tentato tre volte alle ore 12:30, 12:32 e 12:36 di telefonarmi.
Alle ore 13:16 gli ho telefonato:
- Lei mi raccontò che l'avevano portata a trovare Angelo e Mimmo al cimitero.
- Io sono rimasta fredda e gli ho fatto capire che avevo già cominciato a scrivere la mia vera storia, che scriverò tutto il vero sopratutto riguardo alla mia nascita e i primi otto anni della mia vita, cosi tutti e anche i parenti verranno a sapere la verità, soprattutto riguardo lei.
- Lei fece finta d'essere indifferente e disse che i parenti conoscevano già la verità, mi accusò d'avere un esaurimento nervoso.
- Io gli rispondo che i parenti conoscono solo le sue bugie.
- Lei mi accusa d'essere pazza.
- Io le dico che poiché sono con i nervi a pezzi e non ho tempo da perdere perché devo finire di scrivere il libro, non potrò più telefonarla.

Alle ore 13:30 butto giù la cornetta. ◀

► **Martedì, 15. Luglio 2008**

Oggi dalle ore 11:21 fino alle 11:29 ha telefonato dall'apparecchio telefonico in casa d'Agnese, la signora Luigina, l'ex-collega e amica di Mimmo, poiché Agnese non ha il coraggio di parlarmi direttamente e anche per avere un testimone.

- Luigina molto gentile s'informa della mia salute.
- Dopo avergli detto che sono con i nervi a pezzi, la informo che sto scrivendo la mia vera storia e anche tutta la verità riguardo Agnese, che la quale non è una santa come fa credere in giro.
- Lei mi dice che gli sarà un piacere leggere il mio libro quando sarà scritto, e mi chiede se io mi metterò ancora in contatto con Agnese.
- Le dico che sono stufata di sentire le bugie d'Agnese riguardo alla mia nascita e in seguito, finche lei non racconterà la verità e non mi procura la documentazione medica della mia nascita e i seguenti otto anni, non ne voglio di lei più sapere, inoltre le faccio presente che gli do al massimo tempo finche finirò di scrivere il libro, però quando lo scritto non posso più perdonarla e io la denuncerò.
- Luigina dice che Agnese dice che mi ama.
- Io nego questo, dicendo che so che non è vero, e che Agnese fa tutto per calcolo.

Dopo averci salutati, terminiamo la telefonata. ◄

► **Domenica, 27. Luglio 2008**

Oggi è esattamente un anno che è morto Mimmo, io uso l'occasione per chiedere consiglio a lui, gli altri parenti e amici che sono già morti, tramite i dadi del futuro, riguardo Agnese.

- Io chiedo loro, se devo mettermi in contatto ancora con Agnese e se lei e disposta a confessare tutta la verità.
- Loro mi rispondono tramite i dadi, con un chiarissimo "*no*", poiché non c'è nessuna speranza.
- Io chiedo loro, se faccio bene a continuare a scrivere la mia vera storia, e la verità riguardo Agnese.
- La loro risposta è un chiarissimo *"si"*, perché solo così verrà la verità riguardo me e Agnese a galla.

Nonostante i consigli dei defunti sono senza nessun dubbio, io do esattamente alle ore 16:30, il momento che morì Mimmo, un colpo di telefono ad Agnese, nello stesso momento che lei parlò, mi venne un brivido freddissimo in tutto il mio corpo.

Io metto subito giù la cornetta, i defunti hanno al cento per cento ragione e io so che questa è l'ultima volta che le ho telefonato. ◄

► **Martedì, 7. Ottobre 2008**
Oggi ho scritto a zio Vittorio, gli ho mandato gli auguri per i suoi
settantatre anni, che li avrà il 31-10-2008.
Nell'occasione gli ho fatto presente che io sto scrivendo un libro riguardo
alla mia vera storia, e che ho anche scritto l'avvenimento dell'Agosto
1959, però non gli ho scritto quello che venne in quel mese, in fine dei
conti lui saprà ancora esattamente, che allora io avevo poco più di sette
anni e lui poco meno di ventiquattro anni, e noi avevamo avuto una
relazione sessuale ... ◄

► **Venerdì, 5. Dicembre 2008**
Oggi ho spedito a circa quindici parenti ufficialmente la presentazione
del libro riguardo alla mia "vera" vita.
Nei prossimi giorni spedirò ad altri parenti, amici e conoscenti del
passato.
La presentazione, lo scritta come segue:
Natale 2008 & Capodanno 2008-2009 Carissimi parenti, amici,
conoscenti ed ecc. ecc.
Vi presento ufficialmente, mi e il libro riguardo della mia "vera" vita.
La maggior parte di voi mi conosce com' Evelyn TURIANO, da circa dieci
anni in Internet come "Madama Evelyn TURIANO" ...
Altri di voi mi conoscono già da almeno che avevo io circa sette anni
anche come "Dea AFRODITE", da circa trenta anni e da circa dieci anni
anche in Internet come "Dea APHRODITE-KALI" ...
"Dea APHRODITE-KALI", si tratta del mio nome dei "molteplice talenti",
un cosiddetto nome d'artista, in questo caso il mio nome di "scrittrice" –
"Dea APHRODITE-KALI" scrive, in italiano e in tedesco, riguardo alla
"vera" storia d'Evelyn TURIANO ... ◄

► **Martedì, 16. Dicembre 2008**
Oggi facendo le pulizie settimanali dell'appartamento mi sono ricordata
di quando avevo dieci anni:
Nel 1962, una Limousine si fermò davanti alla villa in Via E. Vismara 34
(Arese), una suora accompagnata da un'eminenza, mi fu stata presenta
come cugina d'Agnese, che era venuta extra da Roma per venirmi a
trovarmi.
Io la avevo subito riconosciuta come mia madre vera, la suora che dopo
di avermi partorito m'aveva abbandonato ... ◄

► **Domenica, 21. Dicembre 2008**
Oggi alle ore 14 e 43 minuti un terribile brivido mi scese giù dalla
schiena, mi venne freddissimo e il mio corpo cominciò a tremare
fortissimo, nello stesso momento suonò il telefono.

Io sospetto subito chi era, infatti, Agnese ha avuto la sfacciataggine nonostante tutto di telefonarmi:

- Lei mi porse gli auguri di buon natale.
- Io le chiesi perché aveva telefonato.
- Lei annunciò che doveva essere operata agli occhi.
- Io le chiedo perché lei si continua a rifiutarsi di confessare la verità riguardo alla mia nascita, e che io mi ricordo di tutto.
- Lei sostenne che mi stavo sbagliando, cercò di farsi avere pena e ripeteva che doveva essere operata agli occhi.
- Io, freddissima, le richiesi perché aveva telefonato, e che io volevo ufficialmente sapere la verità.
- Lei ripete che io mi sbaglio di grosso e che mi sto rovinando.
- Io le sostengo che si vedrà quando il mio libro sarà pubblicato, e io concludo la telefonata.

La telefonata è durata non più di quattro minuti, nonostante la temperatura del mio corpo era discesa sotto i 35 gradi Celsius.
Dopo circa due ore sono stata costretta ad andare a comprare mezzo chilo di pasta e del formaggio, per rimettere in funzione il mio riscaldamento biologico. ◄

► Giovedì, 19. Febbraio 2009
Oggi alle ore 08:16 mi ha telefonato mia sorella Elena, io mi accorgo che nella sua voce c'è nascosto una certa falsità, l'avrà ereditata da Agnese.

- Lei mi annunciò che da Agnese avvenne qualcosa.
- Io le chiesi se Agnese era morta.
- Lei denega, e afferma che fu portata in qualche ospizio, e che Agnese voleva morire a casa.
- Io le raccontai riguardo ai miei sospetti riguardo alla mia nascita, e che con molta probabilità Agnese non sia mia madre, ma probabilmente era una cugina di mia madre, che era una suora. Gli raccontai anche d'alcuni segreti di famiglia.

Dopo avere scambiato qualche conversazione abbiamo chiuso dopo circa nove minuti la telefonata. ◄

► Martedì, 24 febbraio 2009
Oggi fra le ore 11:10 e le ore 11:15, ritornando a casa dai soliti disbrighi, i miei sentimenti dell'anima e del corpo cambiarono bruscamente andando su e giù come un carosello.
Io ricevo questi sentimenti, quando muore o succede qualcosa di terribile a persone che io conosco.
Io sono subito sicura che Agnese sia morta o moribonda, in ogni caso spero con cuore che non si tratti di qualcun altro. ◄

▶ **Mercoledì, 25. Febbraio 2009**
È già da stamattina, che mi sono svegliata, e anche durante il sonno, che i miei sentimenti giocano su e giù carosello.
Sono troppe e contemporaneamente le informazioni, che sto ricevendo dai miei cari parenti, amici, conoscenti e consiglieri dal regno dei defunti, tra loro c'è qualcuno che sta cercando di disturbare le trasmissioni, sarà probabilmente Agnese.
Verso le ore 11:28 ho cercato di telefonare ad Elena, per venire a sapere chi è morto, pero non rispose nessuno, forse non era in casa o non poteva venire al telefono.
Io decido di telefonare verso sera, ma poi ho pesato che è meglio aspettare.
Durante la serata mi sono in parte calmata.
Le informazioni che io ricevo dal regno dei defunti, sono più chiare, mi consigliano di mantenere la calma, poiché io sarò l'unica persona che fará scoprire, attraverso la mia vera storia riguardo agli esperimenti degli anni cinquanta e in poi.
Il libro deve essere ad ogni costo scritto e pubblicato, tutte le vittime contano su di me.
Sono circa ventitre giorni, che vengo terrorizzata al telefono per circa venticinque volte il giorno, per fortuna possiedo il FRITZ!Box®, cosi posso bloccare le telefonate col numero anonimo. ◄

Da febbraio 2009, Agnese diventa consapevole, che Evelyn era risolutamente decisa di finire di scrivere il libro, di farlo pubblicare, e poi la voleva denunciare, per questo motivo Agnese perse ogni forza vitale e aveva deciso di morire, per sfuggire così ad una denuncia penale.
Elena fiutò la sua occasione, per ereditare tutto d'Agnese, sebbene da più di venti anni non se ne prendesse cura.
Lei sapeva anche, che Evelyn era molto malata e d'oltre un anno aveva un acuto esaurimento nervoso.
Elena si era solo così dimostrata di essersi preoccupata d'Agnese, in verità aveva indotto, che Agnese firmò un testamento solo a suo favore, si era lascito firmare una delega per potere vendere l'abitazione, e così d'essere sicura d'assicurarsi la maggior parte per se.
Elena lasciò Agnese nella casa di riposo, sebbene Agnese voleva morire a casa, con la scusa che se stessa era troppo malata, e come alibi se n'andò alla cura.

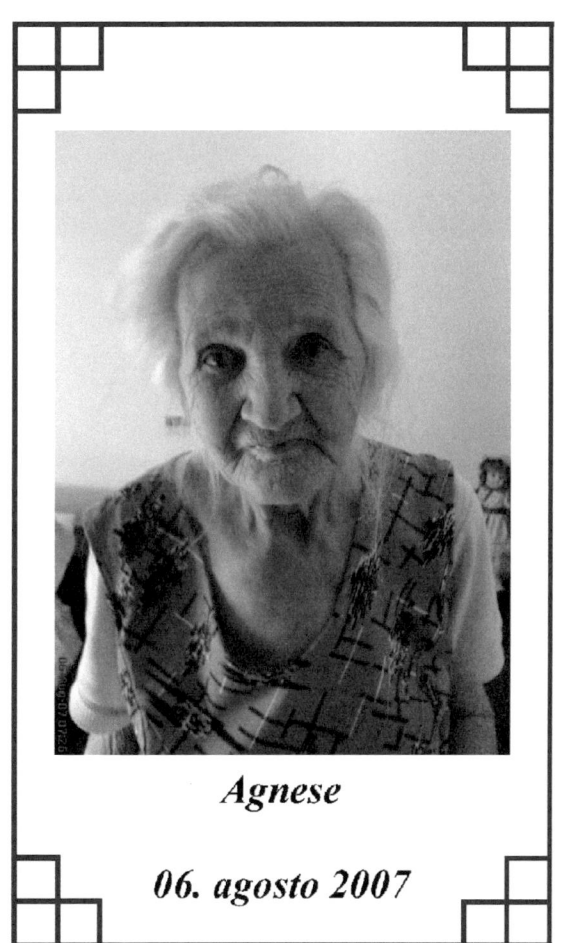

Agnese

06. agosto 2007

Evelyn non poteva più sopportare il proprio volto sfigurato, così si era impegnata da quasi un anno, dal Dottor Detlef Witzel specialista per chirurgia estetica plastica, di farsi operare a proprie spese.

Prima era Dottor Witzel disposto per circa diecimila euro operativamente, di correggere le cicatrici, un lifting facciale per il volto, la fronte e il collo, rimodellare il naso, di cambiare così le parti oculari come un uccello esotico e gli occhi a mandorla.

Dottor Witzel, però aveva solo per più di sei mesi tirato in lungo, lui non osava di operare, poiché fu stato spinto dal suo collega Dottor Olaf Kauder e dalla Dottoressa Cara Tjaden-Müller in Berlino-Spandau.

Evelyn non gli rimase altro d'andare dal Dottor Dottore medico Johannes C. Bruck nell'ospedale Martin-Luther-Krankenhaus in Berlino-Schmargendorf, nonostante lei aveva forti dubbi.

Dottor Bruck aveva operato Evelyn al ventisei di maggio 2009 nell'ospedale "Clinica Vita" in Berlino-Wilmersdorf, per l'orgoglioso importo di circa quindicimila euro, prima sembrava il volto bello e giovanile, perché era gonfio, ma poco a poco si era definito, che l'operazione fu fatta con sciatteria, e anche gli extra desideri non erano stati fatti.

Dottor Bruck tentava di convincere Evelyn, che tutto era fatto per bene e si era rifiutato lei nuovamente e ineccepibilmente di operarla, cosicché Evelyn fu costretta in novembre, i Laux-Avvocati di incaricarli di rappresentare i propri interessi.

Da quando Evelyn aveva inizia a scrivere il libro, sembro che la sua vita sia maledetta.

Non bastò, che lei avesse nuovamente depressioni ed un esaurimento nervoso.

No, si sono pure anche alcuni ambulatori medici messi contro di lei, per esempio il personale medico dello studio ginecologico della signora Dottoressa Sorina Kunert & colleghi, che più tardi si trasferì nel numero quattro della Via Haberlandweg in Berlino-Staaken, avevano tentato di convincere Evelyn, che a causa di una nuova legge, che lei si doveva pagarsi privatamente gli importanti e necessari per sopravivere preparati d'ormone, sebbene la mutua avesse negato che fossi vero.

Il ventuno d'aprile 2009, Evelyn fece chiaro, che lei conosceva esattamente il suo diritto, in contromossa fu lei dal personale medico con razzistiche (ostile agli stranieri), ostile agli invalidi e misantropo sprezzanti asserzioni, offesa gravemente e bombardata.

Due giorni più tardi, Evelyn aveva scritto una lettera di reclamo per raccomandata con ricevuta di ritorno personalmente alla signora Dottoressa Sorina Kunert, tale lettera venne non solo ignorata, ma bensì Evelyn riceve in contromossa una telefonata dall'assistente della dottoressa con la comunicazione, che lo studio ginecologico non voleva più assistere lei.

La signora Dottoressa Cara Tjaden-Müller prescrisse ad Evelyn per mesi un medicamento che conteneva dell'antibiotico, nonostante che sapeva che Evelyn è allergica, poi sabotò i progetti d'Evelyn per l'operazione del volto.

Il Dottor Witzel, il quale fu spinto dal suo collega Dottor Olaf Kauder e dalla signora Dottoressa Cara Tjaden-Müller, non voleva più operare Evelyn.

Il Dottor Bruck aveva operato il volto con sciatteria, e si era rifiutato d'operarla nuovamente e ineccepibilmente.

Il primario professor Dottore medico D. Elling nella Sana Clinica in Berlino-Lichtenberg, il quale nel settembre 2009 aveva fatto ad Evelyn una correzione vaginale, non aveva completamente operato come accordato, cosicché dopo erano rimasti gli stessi problemi.

Evelyn gli chiese il motivo perché non aveva fatto come accordato, ma lui aveva tutto contestato.

È sempre consigliabile di portarsi con se come minimo un testimone, quando si va nell'orario di ricevimento del primario professor Dottore medico D. Elling.

Curiosamente anche col personale computer cerano continuamente dei problemi, sembra che qualcuno di fuori tenti di durata a penetrare per eseguire sabotaggio, ma Evelyn ha provveduto e alcune copie del libro in differenti medie memorizzate.

All'inizio di giugno 2009, un paio di giorni dopo operazione facciale d'Evelyn, Evelyn aveva ricevuto uno SMS d'Elena che la pregava di richiamarla.

Alla telefonata spiego Elena che secondo l'indicazione dei medici, Agnese aveva solo alcune settimane di vita.

Evelyn le spiego, che è stata operata di recente, e che non poteva venire in Italia, anche se lei stessa voleva, a causa grosso pericolo di un'infezione.

Curiosamente da alcuni giorni, il terrore telefonico era cessato, le depressioni e l'esaurimento nervoso erano quasi come sciolti in aria, ed Evelyn era evidente più tranquilla.

Il ventidue giugno 2009 alle ore sette e quarantacinque minuti è morta Agnese, la peggiore nemica d'Evelyn, nella casa di riposo a Casalnoceto provincia dell'Alessandria Italia.

Poco dopo le ore otto, Evelyn aveva ricevuto uno SMS d'Elena con la frase: "La mamma è morta".

Evelyn porse telefonicamente le condoglianze alla parentela, ma Elena e zia Silvana avevano intenzionalmente ogni volta respinta la telefonata.

Elena aveva lasciato mettere Agnese nel mausoleo della famiglia Dossola, sebbene Agnese esplicitamente e per testamento volesse essere seppellita in Baggio.

Giovanni, il marito defunto d'Elena, e tutti gli altri defunti della famiglia Dossola si gireranno nella tomba, se loro seppero che Agnese fu messa nello stesso mausoleo.

Col tempo, sì verificherà, che appaiono i fantasmi nel Dossola mausoleo, da quando anche Agnese è là.

Da oltre trent'anni, Evelyn aveva dato una maledizione eterna all'anima d'Agnese, lei sarebbe sempre nuovamente dovuta rinascere come Ermafrodite, e sperimentare sulla propria vita, tutte le sofferenze che Evelyn aveva dovuto patire nei primi otto anni della sua vita.

Solo Dea AFRODITE-KALI possiede il potere questa maledizione di annullarla, e nessun altro degli altri Dei possono l'anima d'Agnese assisterla o proteggerla.

Questa maledizione sarà solo annullata, se Agnese anima diventerà consapevole e anche rimpiangerà, il danno che lei ha causato ad Evelyn.

L'inizio di una nuova era(?) (2009—2010)

Elena aveva tentato di vendere al più presto l'appartamento d'Agnese e di sciogliere il conto bancario di lei, però senza Evelyn consenso era impossibile per lei.
Lunedì il ventinove giugno 2009, Evelyn aveva ricevuto una chiamata telefonica da un certo geometra il signor Arrigone Gian Piero da Castellar Guidobono (Alessandria) incaricato e in presenza d'Elena.
Il geometra aveva comunicato, che avevano aperto il testamento d'Agnese, e che solo Elena è erede.
Evelyn fece lui chiaro, che gli aspettava di diritto in ogni caso la quota di legittima.
Lui disse d'altra parte, che non ci fu stato nessun problema, poiché Elena voleva dividere, ma voleva far credere ad Evelyn che l'appartamento non aveva molto valore, a causa della crisi economica.
Evelyn gli fece d'altra parte chiaro, che lei non sarebbe stupida, e che lei sapeva esattamente che aveva un valore di circa centosessantamila euro, perché alcuni mesi prima un vicino aveva venduto per duecentomila euro un esattamente uguale appartamento.

Elena lascio il quattro luglio, completamente in segreto d'Evelyn, il testamento olografo d'Agnese depositare e pubblicare dal notaio Dottor Vincenso Esposito in Tortona (Alessandria).
Agnese aveva certamente scritto il testamento sotto l'influenza d'Elena.
Agnese aveva avuto sempre una scrittura come una gallina, ma questo testamento, che aveva scritto su mezzo foglio di quaderno rigato, sembrava che fosse stato scritto da una gallina, la quale fosse stata messa sotto droghe.

Citazione del Testamento:
▶ "Testamento
Revoco Ogni mio precedente testamento.
Nomino erede universale di tutto quanto possiederò al momento della mia morte Mia figlia Turiano Elena.
Desidero essere sepolta nel cimitero del Comune di Baggio.
Casalnoceto, 25-04-2009
Fioraso Agnese" ◀

In una telefonata con Elena nello stesso giorno, che lei aveva lasciato depositare e pubblicare il testamento, Evelyn si accorse che Elena non voleva per niente dividere, il contrario era il fatto.

Elena travisava tutte le parole, che l'Evelyn aveva detto, e sosteneva che Evelyn aveva rifiutato per iscritto l'eredità, cosa che non era vero.

Evelyn fece Elena inequivocabilmente chiaro, che lei non aveva affatto rifiutato niente, che lei non aveva nessun'intenzione di rinunciare al suo diritto e se è necessario, allora lei sarà anche disposta di querelare il suo diritto legalmente.

Il sesto luglio Evelyn aveva incaricato, tramite e-mail, l'avvocata Attilia Fracchia a Milano, la quale nel frattempo si era trasferita nel numero otto della Piazza Imperatore Tito, di rappresentare i suoi interessi.

L'avvocata prese l'assunzione del caso, dopo aversi informata dello stato delle cose.

Elena prese subito panico, quando lei aveva appreso, che Evelyn era rappresentata da un'avvocata.

Per breve tempo era lei perfino disposta, di rinunciare all'eredità al favore d'Evelyn, sebbene lei un paio di giorni prima avesse fatto inequivocabilmente chiaro, che lei e la sua famiglia non volevano saperne d'Evelyn, ma Evelyn aveva insistito su divisione giusta tra sorelle.

Nei mesi seguenti venne l'avvocata vera e propria sabotata e tenuta alla lunga, dall'Elena e dal suo "specialista" geometra Arrigone Gian Piero, per esempio si rifiutavano di consegnarle gli estratti degli ultimi due anni del conto bancario d'Agnese.

Il ventuno settembre brevemente prima delle ore diciassette, Elena aveva tentato, ad una conversazione telefonica con Evelyn, di farsi la compassione, ma Evelyn non c'era cascata dentro e le fece chiaro, che se lei non collaborava con l'avvocata, allora non gli rimaneva altro di querelare.

Elena continuo a tentare il gioco della compassione, cosicché si litigarono.

Evelyn disse, che lei si doveva vergognarsi e che lei si stava comportare con cattiveria esattamente come l'Agnese si comportava, poi mise giù la cornetta.

Il giorno dopo, Elena aveva fatto lo stesso gioco di compassione con l'avvocata d'Evelyn.

L'avvocata fece chiaro ad Elena, che Evelyn non vuole fare nessuna guerra contro di lei, ma se lei non collaborava, allora non gli restava altro di querelare, cosicché Elena non gli rimase altro di collaborare.

Dopo che Evelyn aveva lasciato fare un notarile documento, presso il consolato italiano a Berlino, che dichiarava l'avvocata come sua procuratrice speciale.

Il ventiquattro novembre Elena aveva fatto dal notaio Dottor Vincenso Esposito, notarile legittimare, che Evelyn gli aspettava un terzo dell'eredità.

Da novembre, era ufficialmente notarile autenticato che Evelyn sarebbe stata ad un terzo coerede, nonostante tutto tentava Elena e il suo "specialista", il geometra, d'impedire ancora lo scioglimento e divisione dell'eredità.

Alla fine di gennaio, l'avvocata d'Evelyn aveva ricevuto dalla banca, da lei richiesti estratti del conto della defunta, degli ultimi due anni.

La documentazione degli estratti del conto aveva reso che gli ultimi due mesi fino la morte d'Agnese, dal suo conto c'erano stati appropriazioni, tramite assegni di banca, di una somma totale di circa diciassette mila euro, sebbene Agnese era da più di due mesi moribonda.

Evelyn, che sospettava esattamente chi aveva fatto tali appropriazioni, indusse che l'avvocata incaricasse la banca di fare un'indagine meticolosa.

Non appena si sarebbe confermato, che Elena era responsabile per le tali appropriazioni, essa doveva essere stata penalmente perseguitata, e provveduto che lei avrebbe perso il suo diritto d'erede.

In marzo, Evelyn aveva riferito agli zii Pierino (Pietro), Vittorio e la zia Silvana riguardo alle appropriazioni d'Elena.

Inoltre per essere sicura che Elena riceve la punizione che gli aspetta, Evelyn aveva maledetto per scritto lei, i suoi discendenti e tutti i suoi complici.

L'extragiudiziale controversia contro il Dottor Dottore medico Johannes C. Bruck, a causa dell'operazione facciale che fu fatta con sciatteria, non si vedeva nessuna conclusione.

Il Dottor Bruck aveva falsificato i documenti medici e perfino ritoccato le foto di documentazione, per nascondere il suo insuccesso.

Lui aveva anche presentato, per estrarsi dalla faccenda losca, un conto di liquidazione con prestazioni assurde, per esempio: dieci volte trapianto di un tendine o un muscolo, quattro volte ancora trapianti, undici volte spostato e nuovamente collocato di nervi, quattro volte trapianti ripetuti, due volte eliminazione di corpi estraneo, e così via.

Perfino dottor Bruck, senza scrupoli aveva pure attribuito ad Evelyn la diagnosi "Cutis Laxa", una rara malattia genetica del tessuto di congiuntiva, ci dovrebbe esserci solamente centocinquantanove ammalati in tutto il mondo.

L'operazione del 26. Maggio 2009, eseguita dal dottor Bruck uguaglia un'inadempienza contrattuale, la meta operatoria è stata completamente sbagliata, cosicché la prestazione del dottor Bruck perciò nel risultato assolutamente inservibile e senza valore.

Viene inoltre, che Evelyn non fu stata chiarita nel modo d'obbligo su rischi, specialmente su risultati di successo oppure rischio d'insuccesso.

Per questi motivi, esigono i Laux-Avvocati il primo aprile 2010 dal dottor Bruck, in base al § 12 par. 3 GOÄ (scadenza e detrazione di liquidazione per prestazioni professionali dei medici) e § 280 BGB (risarcimento dei danni a causa violazione d'obbligo), di riconoscere il suo obbligo di risarcimento del danno e di rimborsare l'onorario pagato incluso le spese per anestesia come pure le spese di ricovero ospedaliero.

Evelyn deve inoltre essere risarcita per i subiti dolori e pesi psichici causati dall'operazione fallita.

Evelyn è in ogni caso disposta anche tramite procedimento giudiziario di richiedere il suo diritto.

In data del 21. giugno 2010, conferma il tribunale regionale di Berlino (numero di atto: 35 O 201/10), il ricevimento della querela contro il Dottor Dottore medico Johannes C. Bruck.

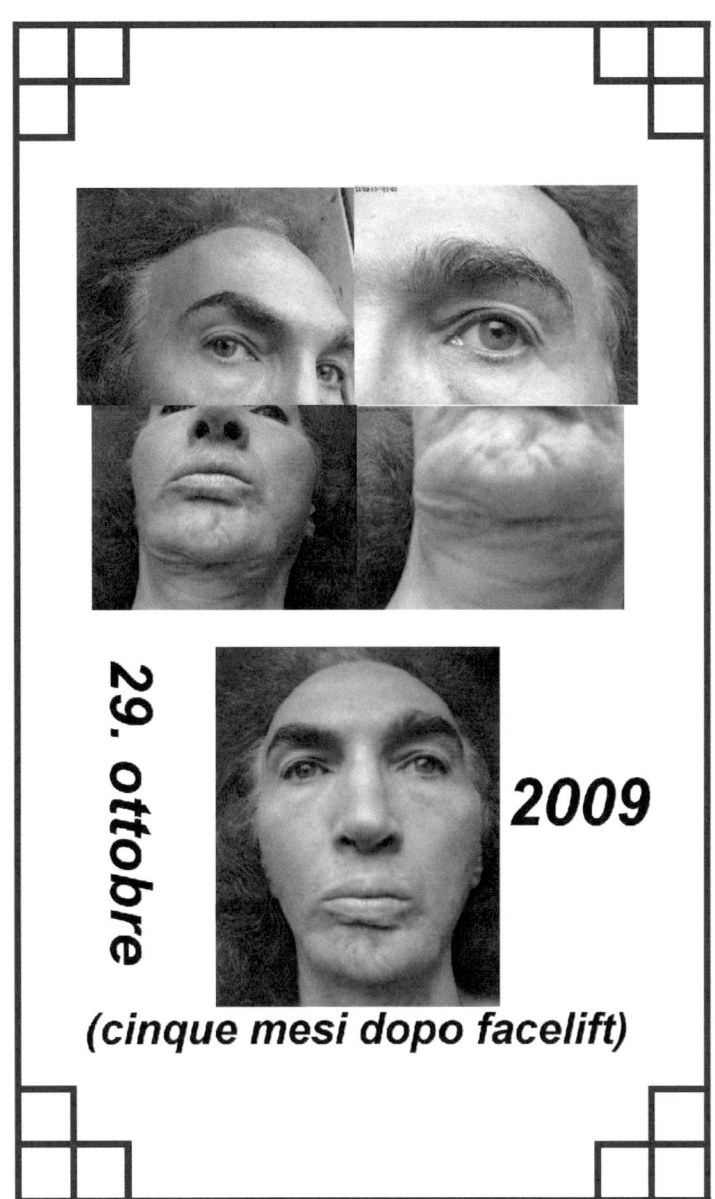

29. ottobre **2009**

(cinque mesi dopo facelift)

Fine con predizione

Sembra che la stampa e così la pubblicazione della storia d'Evelyn nata "FROLETTI" (alias Dea AFRODITE-KALI), sia impedita intenzionalmente, sebbene alla metà dell'anno 2010 fosse già quasi tutta scritta.
Perino, un buon amico d'Evelyn, e primo correttore della versione tedesca del manoscritto, sembrava che non volesse continuare a correggere. Fatto è che per quale motivo sia stato, la correzione si tirava alle lunghe.
Sembrava anche, che le case editrici, dove Evelyn aveva spedito parte del manoscritto, non mostravano nessun interesse per la sua storia, poiché prima non riceveva risposte.
Le case editrici, che mostravano interessi, avevano condizioni contrattuali impossibili. Secondo l'indicazione di contratto-esemplare, {per esempio della casa editrice "Deutsche Literaturgesellschaft Berlin" nel "Europa-Center"; della casa editrice "August von Goethe Literturverlag" in Frankfurt am Main; e della casa editrice "Lord Byron's Literary Press LTD in London}, l'autore dovrebbe pagare le spese di pubblicazione, portare il pieno rischio, perdere i legali diritti d'autore, e come ricompensa si sarebbe anche mantenuto solo le spese.
Naturalmente per Evelyn, tali condizioni non vengono neanche per sogno in discussione, lei è forse ingenua però non stupida.
In ogni modo, alla fine prenderà la stampa e la pubblicazione del libro, il suo corso.

Il tempo indicherà se la morte d'Agnese, Evelyn peggiore nemica, l'inizio di una nuova era per lei è o no.
Evelyn morrà misteriosamente alcun tempo dopo la pubblicazione del libro. L'istituto patologico legale definirà fra altro, che lei fu assassinata.
A forse il Vaticano a che fare con la misteriosa morte d'Evelyn?
Al più tardi, dopo la misteriosa morte d'Evelyn, il libro diventerà un bestseller.

1990
Mischita

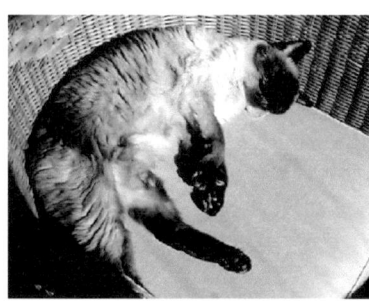

2001
Kikki Blue

2005
Tiger

Impressum

Die Deutsche Nationalbibliothek verzeichnet diese Publikation in der Deutschen Nationalbibliographie; detallierte bibliographische Daten sind im Internet unter http://dnb.d-nb.de abrufbar.

Herausgeberin (curatrice):

Evelyn TURIANO
Postfach 200355
D-13513 Berlin
Germany

Autorin und Übersetzerin in italienisch Sprache: (autrice e tradutrice in lingua italiana)

Dea APHRODITE-KALI
Postfach 200355
D-13513 Berlin
Germany

9 783839 198636

Herstellung und Verlag (produzione e casa editrice):

Books on Demand GmbH, Norderstedt, Germany
ISBN 978-3-8391-9863-6